华文微经典

中国微型小说学会
世界华文微型小说研究会

主持

纪洞天

木偶的新生

四川出版集团 ❱❱ 四川文艺出版社

图书在版编目（CIP）数据

木偶的新生／（美）纪洞天著 . —— 成都：四川文艺
出版社，2013.2
（华文微经典）
ISBN 978-7-5411-3669-6

Ⅰ . ①木… Ⅱ . ①纪… Ⅲ . ①小小说 - 小说集 - 美国
- 现代 Ⅳ . ① I712.45

中国版本图书馆 CIP 数据核字（2013）第 031602 号

华文微经典
HUAWEN WEI JINGDIAN
[世界华文微型小说经典]

木偶的新生
MUOU DE XINSHENG

[美国] 纪洞天 著

选题策划 时上悦读
责任编辑 宋 玥
封面设计 所以设计馆

出版发行 四川出版集团 四川文艺出版社
社 址 四川省成都市槐树街 2 号
网 址 www.scwys.com
电 话 028-86259285（发行部） 028-86259303（编辑部）
传 真 028-86259306
读者服务 028-86259293

印 刷 北京山华苑印刷有限责任公司
开 本 650mm×920mm 1/16
印 张 13
字 数 120 千
版 次 2013 年 4 月第一版
印 次 2014 年 1 月第二次印刷
书 号 ISBN 978-7-5411-3669-6
定 价 35.00 元

华文微经典

作者简介

　　纪洞天，福建厦门人，在国内从事新闻业近二十年，福建作协会员。1991年出国，1994年在匈牙利任《欧洲导报》社长、匈牙利华文作协秘书长；2001年任美国《环球导报》总编。现旅居美国加州，创立"世界华文小小说作家总会"，出任秘书长，成功策划了首届"汪曾祺小小说大奖赛"。

前言

　　有人曾说，地不分东西南北，凡有人类生活的地方，就有华人的身影。话虽有玩笑的成分，但当前华人遍布世界各地，却也是不争的事实。扎根世界各地的炎黄子孙，他们的生活状况如何？他们的情感世界怎样？他们的所思所想何在？……要找到这些答案，阅读他们以母语写下的文字无疑是最好的方法之一。诚然，并不是有华人的地方就有华文创作，但在一些主要的国家和地区，华文创作几十上百年来一直薪火相传所结出的果实，显然也是令人瞩目的。遗憾的是，因为多种原因，国内的读者多年来对海外的华文创作了解甚少。尤其对广布世界各地的华文微型小说这一重要且具代表性的文体，更只是偶窥一斑而不见全貌。"华文微经典"丛书的出版，可谓弥补了这一缺憾。

　　海外的华文微型小说创作，主要分为东南亚和美澳日欧两大板块。两大板块中，又以东南亚的创作最为积极活跃，成果也更为突出。东南亚华文微型小说创作兴起于二十世纪八十年代初，各国在时间上又略有先后。最早开始有意识地从事微型小说的创作，并且有意识地对这一新文体进行探索、总结和研究，而且创作数量喜人、作品质量达到了一定艺术高度的，是新加坡和马来西亚；稍后于新加坡和马来西亚的是泰国，再后是菲律宾和文莱，再后是印度尼西亚。在发展过程中，各国的创作曾一度因具体的历史原因而存在较大的差距，但这一状况在近十年来正日益得到改善。

美澳日欧板块则因创作者相对分散，在力量的聚集上略逊于东南亚板块。不过网络的发展正在弥补这一缺憾，例如新移民作家利用网络平台对散居各地的创作进行整合，就已显现出聚合的成效。

新移民的创作是海外华文微型小说创作中近十多年来涌现出的一股新力量。尤其是近年来随着作家对当地文化和生活的日渐融入，其创作已日渐呈现出新视野，题材表现也开始渐渐与大陆生活经验拉开了距离，具有了海外写作的特质。

以上是对海外华文微型小说发展的一个简单梳理，而"华文微经典"丛书的出版，正是对这一梳理的具体呈现（为避免有遗珠之憾，丛书也将有别于中国内地写作的港澳地区的华文微型小说写作归入其中）。通过系统、全面、集中的出版，读者不仅可以得见世界范围内华文微型小说创作风姿多样的全貌，更可从中了解世界各地华人的文化与生活状况，感受他们浓郁的文化乡愁，体察他们坚实的社会良知，深入他们博大的人文关怀，触摸他们孜孜不懈的艺术追求。书籍的出版是为了文化和文明的传播与传承，我们希望这一套丛书能实现一些文化担当。我们有太长的时间忽略了对他们的关注，现在是校正这种偏差的时候了。这也正是丛书出版的意义和价值之所在吧。

目录

女数学博士求婚记

　　崔芳芷是位女数学博士。学数学专业的女生本来就凤毛麟角，又从学士、硕士一直读到博士，就更是曲高和寡了。如今，崔芳芷已是芳龄二十七，父母为她的婚事急得直跳脚，可她却任凭风浪起，稳坐钓鱼台。

　　崔芳芷从小就迷上了数学。她父亲崔宜秋是位中学语文教师。崔芳芷两岁时，父亲便教她背诵唐诗宋词，可崔芳芷只对带数字的诗词感兴趣，一读就记住了。有一回，父亲教她读苏轼的诗："一去二三里，烟村四五家。亭台六七座，八九十枝花。"崔芳芷只读了一遍就会背诵了，父亲惊讶得目瞪口呆。从那以后，父亲便专挑带数字的诗词教她。

　　上学后，崔芳芷的数学成绩一直在班里独占鳌头。考上大学后，崔芳芷读的就是数学系。父亲开玩笑地说："当数学家有什么好，物理学家、化学家去设备处可以领到许多仪器设备，你数学家只能领到桌子、笔和尺子。"崔芳芷说："那哲学家不是更可怜，他们连尺子都被省了，我是比上不足，比下有余。"

一年暑假，崔芳芷与父母一起去九寨沟旅游。出发前算好共有大小行李七件。下了飞机，崔芳芷清点行李，怎么点都只有六件。怎么回事，少了一件？父亲说："你再点点，我看是少不了。"崔芳芷再点一遍，还是六件。父亲亲自清点，明明是七件。父亲笑了，说："你还是数学家，怎么都不会查数？"崔芳芷再点数：0、1、2、3、4、5、6。父亲哈哈大笑："有你这样查数的吗？0是什么？"崔芳芷这才醒悟过来，说："这段时间我正在写一篇论文，题目是《0的发现与意义》。"

母亲一再催促崔芳芷找男朋友，崔芳芷说："妈，你怎么也没自信心了呢？女儿的脸蛋可是你遗传的。美国教授施特芬·霍夫林1998年发明了美丽指数，这是对脸上十多处美丽点经过仔细测算得出来的。美丽指数在1.00到1.30之间是美丽；低于1.00，最多算是有魅力罢了。本女子的美丽指数可是1.20，你还怕个啥？"母亲说："我不懂什么美丽指数，皇帝女儿也愁嫁，花无百日红，过了季节，再漂亮的花也会凋零的。"崔芳芷说："放心吧，女儿是学数学的，懂得在什么时候完成最佳的排列组合。"

一年夏天，家门口来了个卖西瓜的老农。老农卖瓜不按重量，只论个，大瓜一个三元，小瓜一个一元。大家看到大瓜、小瓜差别似乎不大，都争着挑小瓜买。父亲也在挑小瓜。崔芳芷看了看，说："老爸，咱们挑大的。"父亲说："大瓜比小瓜贵三倍，不划算。"崔芳芷说："买大瓜才值。我测算了，小瓜的半径是大瓜的三分之二稍弱，容积不到大瓜的30%。我们吃的是容积又不是面积，当然大瓜合算。"父亲说："大瓜的皮比小瓜厚多了。"崔芳芷说："大瓜的皮只有一个，小瓜的皮有三个，我马上可以把瓜皮的表面积算出来。"父亲忙说："得，得，得，你还是回家去算吧。"回家后，父亲说："你要是把算瓜的精力用在找男朋友上就好了。"

崔芳芷终于刊登了一则独特的征婚启事。她要求男方必须告诉她要结婚的年龄，然后由她来决定谁有资格与她交朋友。条件很简单：在1~9中选择一个你喜欢的数字，乘以9，得数的个位与十位相加（如果是个位数就用个位数）后再乘以3，再加上你吻过的异性的数目，就是你要告诉我的结婚年龄。

崔芳芷在这个条件里已经暗藏了玄机，无论你在1~9里选哪个数，前面几步的结果都是一样的，关键就在最后一步。表面上说是测试男方要结婚的年龄，其实是在打探男方吻过异性的数目。只有吻过异性数目是0的男性，才能进入崔芳芷的第一轮搜索圈。1以上的数目自然是落选了。

进入第一轮搜索圈的男性正等待着崔芳芷再出第二道数学题呢……

天上掉下个博客妹

他历来性格内向，不善交际，虽已到了而立之年，对象却八字没有一撇。他开了个博客，自取网名为：吾公子。百家姓中是有姓吾的，可他又不姓吾；我的公子？可他又没有儿子。这网名是啥来历，他从不解释。毕竟是中文系的高材生，写网络日志真是小菜一碟，他那带有真情实感而文笔如行云流水的博客终于引起了网友们的关注，在他的周围也有了一批"粉丝"。吾公子像每日正常上班、正常吃饭、正常睡觉一样地正常地写着博客。

一天，一位名叫"二月春风"的粉丝给他留言，说是某月某日要到北京来见他，而且还断言这是历史性的会面，"金凤玉露一相逢，便胜却人间无数"。吾公子自语道："不知细叶谁裁出，二月春风似剪刀。"这个采摘于唐朝诗人贺知章的《咏柳》的网名倒是挺有诗意的，可现实生活并不是风花雪月，想到北京找我谈何容易？出于礼貌，吾公子回复：来的都是客，全凭网络牵，我是举双手欢迎。其实，他心想，你不知道我的姓名、地址，茫茫人海去哪里找？我给老爸画了详细的地图，写了一页纸的说明文，老爸费了九牛二虎之力，可到了北京还是找不着北。说说而已，吾公子一笑了之——牛年吹牛的人是越来越多了，见多不怪。

某月某日，吾公子下班回来，突然发现自己的家门口站着一位年轻女子。吾公子问："小姐，请问你找谁？"女子说："春风已度公子关，怎么公子还不认识我？"吾公子大惊失色："你是二月春风？谁带你来的？"女子说："不识庐山真面目，只缘身在此山中。本小姐怎么还要别人带路？"吾公子糊涂了："这怎么有可能，北京这么大，你居然能找到我的住处，这打死我我也不相信。"女子说："吾公子，不如让我先进屋，喝口茶，再向你一一道来。"

女子进屋后，吾公子迫不及待地问她："你是怎么找上门来的？"

女子说："这还不容易，所有的信息全是你的博客提供的。"吾公子断然否认："不可能，我从来不公开我的任何信息。"女子说："你不是写了篇博文介绍你家附近街道沿革的历史吗？从中我知道你住在北京崇文区的金茂小区最高的那幢楼。"

吾公子问："可这幢楼住着几百户人家，你怎么有可能知道我住在哪一层哪一套？"女子说："在大楼内张贴着各

5

家各户的煤气清单，从中我就知道你住的楼层和房号了。"

吾公子笑了："你不用再瞎编了，你根本不知道我的姓名，怎么能根据煤气清单查出我的房号？"

女子说："我怎么不知道你的姓？你姓田。"吾公子惊愕了："谁告诉你的？"女子说："还有谁，还不是你自己。"吾公子说："我？不可能。"女子说："你的网名叫吾公子，吾，就是十五个口。田字，一个大口，中间四个小口，口中的十字又增加了十个口，合起来不是十五口吗？"吾公子说："百家姓中就有吾姓，你为什么不认为我姓吾？"女子说："吾姓的第一个拼音字母应当是 w 而不是 t。"吾公子说："佩服，佩服，你真是女福尔摩斯了。"女子说："福尔摩斯算什么，如今时髦的是人肉搜索专家，我是人肉搜索黑带五段，离红带十段还差得远呢。革命尚未成功，同志仍须努力。"吾公子虽听得心惊胆寒，但他仍然不服输，说："可姓田的人不少，我们这幢楼就有十多人。"女子说："我还知道你的名字，你名叫入云。"吾公子吓得面如土色："你怎么会知道？"女子说："仍然是你自己说出来的。你不是写了篇博文《趣话姓名》吗？你说到周恩来字翔宇，有人名叫破空、凌云、入云、冲霄、飞天等。"吾公子说："不错，可是你怎么从中断定'入云'就是我的名字？"女子说："排除法。因为我知道你的伊妹儿是：t.r.y@hotmail.com。田的第一个拼音字母是 t，入的第一个拼音字母是 r，云的第一个拼音字母是 y。

我从中又得到了验证。"吾公子差点要晕倒了。全是博客惹的祸，想不到自己的几篇博文会招来不速之博客。

吾公子赶忙说："你远道而来，我又是单身汉，晚上我们就上饭店撮一餐吧，也算是为你接风。"吾公子将女子带到玉树饭店，并为她安排了一天的住宿。女子说："何必破费，你的家挺宽敞的，我就住在你家得了，还可以帮你整理整理。"吾公子说："不好意思，我平日懒散惯了，总得自己收拾收拾。"

晚餐后，吾公子与女子道别。他吓得不敢回家了，只好到朋友家借宿。讨个人肉搜索黑带五段的女子当老婆，那滋味还会好受？一言一行，一举一动全在她的火眼金睛的监控之下，哪还有什么悠闲自在的日子？

特别奖

这是 A 电视台的演播厅,《我来接歌词》栏目正在直播。主持人公布了竞赛规则后,一位年轻人走到了台上。主持人说:"现在参加初赛的选手是张爱民。他接歌词的第一支歌曲是《幸福不会从天降》。"主持人唱道:"樱桃好吃树难栽,小曲好唱口难开。幸福不会从天降……"主持人停了下来,说:"请接词!"

张爱民心想:这么简单的考题,简直太小儿科了。我保准能通过初试,然后复试,最终进入决赛,取得冠军,获得一万元的奖金。张爱民越想越美,越美越想,一直呆呆地站在台上,处于如痴如醉的状态。主持人以为他忘词了,便像拳击场上的裁判一样念道:1、2、3……

一直念到 10。主持人只好宣布:"时间到,你被淘汰了。"这时张爱民才如梦初醒,惊叫起来:"什么?什么?我正在热身,还没有开始呢!"

主持人两手一摊，爱莫能助地说："一切都结束了。"

张爱民立即说："《一切都结束了》这是一支德国歌曲。"随即他唱道："你能看到这玫瑰吗？今天从你那送来的。"

台下立即哄堂大笑。

"别开玩笑了，我是请你回家！"

张爱民马上说："《请你回家》这支歌是尚奋斗作的词，严术科作曲，邢勇编曲，歌词是……"

台下笑声、呼喊声连成一片。

主持人立即打断他的话，说："我是要你走开，走开！"

张爱民说："《走开》这歌难不倒我，它是袁茵作的词。"他唱道："所以走吧，别再说啊，你知道我总是会心软的。"

主持人气炸了，心想怎么会遇上这样的疯子？他叫道："我疯了，我疯了。"

张爱民笑了，说："《我疯了》这首歌更容易。"他唱道："我疯了，头空了，我紧绷了。我疯了，不冲了，没武功了。"

台下欢声雷动，群情激昂。观众齐声喊道："不能没有他，不能没有他。"

张爱民也喊道："我知道，我知道，《不能没有他》这是朱晓琳的歌曲。"可是他的声音被观众的声浪淹没了。

在观众的强烈要求下，《我来接歌词》组委会立即召开紧急会议，最后同意张爱民继续参赛。结果证明，张爱民果然是个接歌词的天才，他最终荣获了《我来接歌词》的特别奖。

奇怪的病

　　我新结识了一位朋友，他是个医生。医生朋友对我说："你认识我算是三生有幸了，我可不是只会治疗伤风感冒头疼脑热的庸医，也不是分工单一的外科或内科医生，我是全科型的医生。"

　　全科型的医生？这个名词我可是头一次听说，我问："那就是说你会包治百病了？"医生朋友说："是可以这么理解，当然，我也有治不了的病，比如癌症。"

　　我想：谁能治得了癌症，他就可以到瑞典的斯德哥尔摩去领诺贝尔医学奖了。

　　医生朋友说："今后，你不管得了大病小病，尽管来找我好了，我包你药到病除。"

　　我听了很是感动，特地将他的名片插在我名片本的显著位置。哪个人都不是铜铸铁打的，就算是铁打的也有生锈的时候。

有一天，我突然感到背痛，开始我并不当一回事，指望这小疼痛自然消失。没想到越来越痛得厉害，我只好去找医生朋友问诊。他一听说我背痛，连脉也不摸，说："小毛病，好治。"果然，吃了他的药，背不痛了，但我的腰却疼起来了。我只好再去找他，他说："你会腰疼，这我早就料到了。腰背是邻居，腰酸背痛嘛，伤了筋难免会动到骨。没问题，你就放一百个心好了，我包治。"

他终于治好了我的腰疼，可是我的肾又痛起来了。

我不得不再去找医生朋友，他说："腰为肾之府，腰与肾的关系非常密切，你的腰刚好，肾受点影响是难免的事，吃点药就好了。"

吃了他治肾的药，肾不痛了，然而胃却痛得要命。这时，我已成了医生朋友的常客了，他说："胃是肾宫之门，肾宫闹腾，胃门就被打开了，如今必须把它关上才行。"

我赶紧求他将我的胃门关上，门洞大开，那还了得！他给我开了几个疗程的胃药，胃总算不疼了，可如今轮到肝痛了。

肝痛可真是要命的事儿，我刻不容缓地去找医生朋友。他说："没办法，肝和胃的关系也非常密切，胃的运化功能受阻，自然肝气的疏泄也不通畅。不过你不用担心，没有什么病能难倒我，兵来将挡，水来土屯嘛。"

医生朋友治好了我的肝痛，但过了不久，我的胆又疼起来了。

我哭丧着脸去找医生朋友，他说："别紧张，天塌不下来。古人一向用'肝胆相照'来形容亲密无间的伙伴关系。胆是肝的好帮手，如今主人受了伤，他自然要分担一点病痛，不然怎么说肝与胆是一对'荣辱与共'的器官？"他又开了一大堆药，说都是治胆的良药。

我说："要是这奇怪的病痛又转移到其他什么器官上怎么办？"他说："我们只能是跟踪追击。"我想，这还了得，我的身子岂不成了奇怪病痛的"跑马场"了？

我问医生朋友："你抓过野兔吗？"他说："没有，你为什么问这么奇怪的问题？"我苦笑道："因为我得了奇怪的病。抓野兔，你不能撵着它满山遍野地跑，你跑不过它的四条腿，你要设下陷阱让它来自投罗网。我们的身体不也有天然的生理陷阱吗？为什么不能让这奇怪病痛来自投罗网？"这回轮到医生傻眼了，他问："你想怎么设陷阱呢？"我说："我的胆疼痛要是治好了，你猜病痛又会跑到哪里去？"医生朋友说："我又不是神仙，怎么会知道？"我说："我们可以想办法把病痛赶到盲肠去，那就是个天然的生理陷阱。病痛到了五脏六腑里，我不能切掉五脏六腑，可当它进入了盲肠，我们就能割掉盲肠，病痛不就斩草除根了吗？"医生朋友大叫起来："你真是太有才了，像你这样的脑袋不去读医学太可惜了。"

果然，被我猜中了，胆痛消失后，我的盲肠痛起来了。于是，医生朋友割掉了我的盲肠，奇怪的病终于得到了根治。

　　就这样我有了一份奇怪的病历：最初是背部的小疼痛，最后的结局居然是割掉了盲肠。

　　最近，听说我那医生朋友正在忙于写治好我的奇怪病痛的论文，准备在国外的权威科技刊物上发表，争取申请诺贝尔医学奖。我也在考虑，如果他获得诺贝尔医学奖，我是否也能分到部分奖金，因为天然生理陷阱的设想毕竟是我最早提出来的。

100美元假钞

　　美国加利福尼亚州的一个小镇上，有一家小旅馆，小到不敢叫 Hotel，而是谦卑地自称 Inn。美国的经济不景气，城门失火，自然殃及池鱼，小旅馆已是接连几天门可罗雀了，再这样下去，小旅馆就只好关门大吉了。想不到屋漏偏逢连夜雨，那天，收银员收下了一张 100 美元的假钞，老板气得直跳脚，当场将收银员炒了。可人走了，假钞还在。拿去花吧，怕惹火上身，毁掉吧，又心疼，真是捏在手上的一颗烫手山芋。幸好今天来了个中国老板，说是为国内的旅游团打前站的，想看看房间，他放下 100 美元的订金，拿着钥匙就去检查房间了。旅馆老板正想拿这 100 美元去还欠债，可转念一想，这钱要是打水漂了怎么办？必须想个法子，让钱像非洲土人使用的飞去来器，甩出去了又能自动地飞回来。左思右想，他终于想到了那 100 美金的假币，该让它派上用场了。于是，他急匆匆地拿着 100 美元假币跑到熟食店归还赊欠的账款，并且说："快，你要是有欠别人的账款也赶快还了！"于是，熟食店老板顾不得辨认钱的真伪，飞快地跑到肉铺店还拖欠的100美元欠账，肉铺店老板又一路小跑去还清欠肉食品批发商的100元欠账，肉食品批发商也急如星火地拿着钱去养猪人那里偿还债务。人人都像在玩击鼓传花的游戏，生怕还迟了鼓声停欲说还住。养猪人是最后一站，偏偏他又是个马大哈，钱看也不看，就邀情人去聚餐。养猪人被旅馆老板拖欠了100美元，原本就一肚子火，所以也就不上小旅馆来消费，而是上了另一家餐馆。要是平时，养猪人肯定吃完了才结账的，但今日财大气粗想要在情人面前显摆一下，一进馆子便叫道："老板，100美元，全花了，有什么好吃的尽管上！"餐馆老板接过钱，一看，脸色都变了。餐馆老板说："这钱，你能不能换一张？"养猪人说："怎么，你以为这是假钞？"养猪人接过钱一看，傻眼了，真的是假钱。

养猪人气呼呼地去找旅馆老板算账，旅馆老板看到养猪人来了，笑得脸上像开了花，心中的一块石头终于落下了。旅馆老板说："欢迎，欢迎，钱不论真假，只要是从我这儿出去的，我都认账。你们能上小店来，就是给我天大的面子，理当按贵宾的规格接待，让你们能得到超值的享受。"养猪人一听，气全消了，在情人面前总算赢回了面子。

话说那位看完了房间的中国老板觉得不满意，又收回了

100 美元的定金。旅馆老板庆幸自己还好没有动用这 100 美元去还债，他看了看 100 美元假币，自语道："假老弟，你总算完成了历史使命，也该寿终正寝了。"说罢，一把火将它烧了，免得留下违法的证据。

交叉点

　　父亲的心脏病发作了，我立马召来救护车将父亲送往医院挂急诊。医生会诊后，又让父亲马上做了心血管拍片，一致断定是严重的心血管硬化，必须在近期内尽快动心脏搭桥手术。主治大夫、心血管专家聂医师说："这病连美国前总统克林顿都得做心脏冠状动脉绕道手术，就更不用说你父亲了。"这几年，我的房地产生意做得红红火火，钱倒是不成问题的，可就是父亲说啥也不肯动手术。"我老了，古话说人生七十古来稀，我都七十一了，该看的看了，该吃的吃了，这么一大把年纪我还要动什么手术？"父亲坚持要请一名老中医做保守疗法。几天来，我好说歹说，左劝右劝，父亲总算让步了，但他又提出了最后的一个要求：手术前，非要请李大仙为他指定做手术的外科大夫不可，这真是叫我哭笑不得。不过，父亲好不容易才松了口，我生怕他老人家又反悔了，所以不管三七二十一先答应下来再说。

我找到了李大仙，想不到那儿倒是门庭若市。自称大仙，说穿了只是个算命先生，并非真的是神仙下凡，真的就能神机妙算。不过，我倒也想听听他能说出什么道道来。李大仙听我说了来意，要了父亲的生辰八字，只见他掐指一算，说："依你父亲的五行，贵人在金，遇金则吉，所以给你父亲动手术的医生姓氏必须是属金的。"这是什么话？一个外科医生不是看他的医术是否高明，而要看他的姓氏是属金还是属土木水火，真是太荒唐了。

　　聂医师听说我找了李大仙，结论是要找姓氏属金的医生动手术，当场笑得直不起腰来。"李大仙好厉害，一句话就把我姓聂的拒之千里。看来我得改行了，不要当外科医生，应该到五官科去专治耳朵。"聂医生的一番话说得我很尴尬，好歹我也是个中级职称的知识分子，居然去请什么李大仙指点迷津。我只好实话实说："没办法啊，我父亲很迷信李大仙，什么疑难杂症都非要请教他不可。父命难违，我只能一边是科学，一边是迷信，想办法找到这两条直线的交叉点，搞点中庸之道。"聂医生说："这怎么可能呢？科学与迷信是两条并行线，永远不会交叉的。什么阴阳五行、紫微八卦、面相测字、风水地理我全都不信。"我说："林子大了什么鸟儿都有，像我们这样的大城市，人才济济，找几个姓氏属金的外科医生还是有的吧？"聂医生反驳道："可这是给你父亲动心脏手术，你不能捡到篮子里的都是菜，总要挑技术过硬的吧？"我忙说："那是，那是。但如果我们中意的医生也恰恰是李大仙圈中那位医生，岂不是两全其美吗？"聂医生不快地说："你是在请医生还是在赌博？"我只好承认："是的，我是在赌一把。可如果赌赢了，我父亲认为是李大仙的功劳而产生了抗病的精神力量不也是大好事吗？"聂医生想了想，觉得我的话也有几分道理，就同意我不妨一试。但他再三强调："如果李大仙选中的医生根本没有能力动心脏搭桥手术，就必须断然采取另一套方案，毕竟是人命关天的事，开不得半点玩笑。"这点我当然同意，我是不会拿父亲的生命当儿戏的。

　　谢天谢地，全市医院外科医生中姓氏属金的居然还能找到五位，他们是：解夏甲、蒯大酉、刘毅夫、韶秋丙、邵一牟。聂医生看了这份名单，笑了，说："想不到全市风评最佳的外科大夫就在这五人当中。不过，我就是不相信李大仙怎么有可能从这五人中将最好的医生挑出来，这是五比一啊！而且还要说出一番能自圆其说的道理。"聂医生想了想，说："这样吧，你猜一猜，这五个人中哪一位是你应当首选的医生？"我说："隔行如隔山，这五个人我全都不认识，我怎么选？"聂医生说："那好，我也不挑明，免得你心中有数，不然李大仙一盘问你不小心将天机给泄漏了。"

　　我第二次拜访李大仙归来，聂医生说："我将要请的医生名字写在手掌上，你也将李大仙指定的医生名字写在手掌上，咱们俩一核对，看是不是一样。"想不到我们两人的手掌同时翻开后，都写着：邵一牟。聂医生看了，大惊失色："神啦！李大仙究竟说了些什么？"我如实禀告："李大仙看了名单说，刘毅夫的姓氏最好，有金又有刀，可不能单看姓还得将名字连在一起。毅夫，夫是人在土下，谁还敢请他动手术？"聂医生说："乱弹琴，毅夫是刚毅的男子汉的意思。"我接着说："李大仙又说，韶秋丙，丙字是病根未除，这自然就除名了。"聂医生说："根本是胡说八道，秋丙是秋天生的，在兄弟姐妹中排行老三。"我继续说："李大仙还说，解夏甲的夏是忧头忧尾，甲是两边无用，这样的医生不请也罢。"聂医生说："完全是无稽之谈，夏是夏季生的，甲是头一胎。"我最后说道："蒯大酉，李大仙是这样说的，酉字糟透了，半醉半醒，怎么能让他开刀，那不是几乎出丑？"聂医生愤愤不平地说："岂有此理，酉是下午五至七时生的。李大仙完全是乱说一气。"排除四人，只剩下邵一牟了。"那么关于邵一牟，李大仙又是怎么说的？"聂医生问。我答道："李大仙说，一牟就是去后得生，我父亲要是请他动手术，这条命就有救了。"聂医生说："一牟我认识，我们是好朋友，他是山东省牟平县人，李大仙这简直是在猜字谜嘛。"紧接着，聂医生长叹了一口气："不过还是让他歪打正着，竟然找到了交叉点，真是件不可思议的事！"

测字人生

　　高考临近了。张晓成对自己的实力还是心中有数的，考上大学是不成问题的，想上一流大学（诸如北大、清华）是不可能的，但全国重点大学拼一拼还是有希望的。为了给自己吃一颗定心丸，他想到了测字。对！找神算子李半仙测个字，自己也好心中有数。测哪个字呢？张晓成想出了个绝妙的主意，他抽出书架上的《新华字典》，闭上眼睛，随手翻到某页，然后顺手一指，指到哪儿算到哪儿。张晓成睁开眼睛一看，我的妈呀，一个"秃"字。这到底是吉兆还是凶兆？秃，就是光的意思，剃光头？恐怕大事不妙吧？他只好怀着七上八下的心情去找李半仙。

　　李半仙测字名声在外，架子大得很。他一天只测三十个字就收摊，多一个也不测，而且还得事先预约。那天，张晓成去找李半仙，心惊胆战地将"秃"字递给李半仙，李半仙问："测什么？"张晓成说："想知道高考成绩如何。"李半仙掐指算了算，说："放心吧，必定金榜题名。"张晓成喜出望外，问："可我总觉得这个'禿'字怪怪的。"李半仙说："这就叫秋白菜，少见多怪。测字的奥妙无穷，不是行家里手，只凭一知半解是很难通晓的。这'禿'字，拆开来，是禾和几。虎中有几，科中有禾，虎榜登科，龙榜无望，喜登虎榜，可喜可贺啊！你准能考上全国重点大学的。"张晓成高兴地多付了李半仙一倍的酬金。

张晓成果然考上了全国重点大学——武汉大学法律系。从那以后，张晓成对李半仙佩服得是五体投地，对测字算命更是深信不疑。毕业后张晓成分配到故乡工作。张晓成二十五岁了，也该是谈情说爱的年纪了。张晓成又找李半仙测字，他仍然是事先从《新华字典》随机找到了一个字：纪。李半仙问："想测什么？"张晓成问："不知终身大事的前景如何？"李半仙说："纪字，好啊！"张晓成说："愿闻其详。"李半仙说："纪字，拆开来，是丝字旁和己字，丝就是红丝线，己则在配中，月下老人为你牵红丝线，婚配的事还用忧虑吗？这就叫作红丝牵配啊！"张晓成听得笑逐颜开，后来他果然找到市一中的美女教师郭婷蔚，听说她当年还是某大学的校花呢。

张晓成在市财政局工作，一开始只是个小科员，有一天，市组织部派人来考核财政局的青年干部，张晓成也是其中的一位。张晓成赶紧又从《新华字典》随机找了一个字：

露，请李半仙定夺。李半仙问他："想测什么？"张晓成说："不知今年能否有所进步？"李半仙说："露字，拆开是雨和路，雨是云字头，好啊，青云得路，你的前程是不可限量呀！"张晓成一听，高兴得差点忘了自己姓什么。后来，张晓成被提拔为市财政局局长助理，真是顺风顺水啊！

张晓成婚后第三个月，妻子郭婷蔚就没来月经了。她上医院找到当妇产科医生的小学同学打听是否能知道胎儿的性别。同学告诉她，做 B 超监测胎儿的性别至少要在怀孕三个月以上，如果影像技术差，错误的概率也比较大。比较早的检测方法还有染色体和末梢血液检查。染色体虽然准确率非常高，但是要面临很大的危险，比如流产和死胎等。最安全的是末梢血液检查，45 ~ 65 天比较好。当然也可找中医，在 60 天时搭脉就可知男孩女孩了。郭婷蔚将此事告诉张晓成，问他该怎么办才好。张晓成说："先测个字再说。"他从《新华字典》随机找到了一个字：乃。张晓成向李半仙讨教，李半仙问他："想测什么？"张晓成说："我老婆八成是怀孕了，就不知是男孩还是女孩？"李半仙说："这还用测吗？乃字，加子成孕，孕必生子。你必定能喜得贵子，恭喜你了！"张晓成将此消息告诉妻子，妻子说："都 21 世纪，这测字还管用吗？"张晓成说："你就放一百个心好了，李半仙测字可神了，一测一个准，从来没有失手过。不信，过些日子，你还可以用医学手段来验证嘛。"果然，60 天后，郭婷蔚请中医搭脉，说是会生男孩；65天后，她又做了末梢血液检查，结果还是男孩。张晓成说："我说嘛，李半仙的测字特灵，他真是个活神仙啊！如今你是测字、中医、西医三保险了。"

郭婷蔚分娩了，是个男孩。孩子快过满月了，张晓成随机抽了个字：剥。李半仙问他："想测什么？"张晓成说："我不知道孩子该不该做满月？"李半仙说："这'剥'字，拆开来是录和立刀旁，利中有刀，禄中有录，利禄俱全。婚丧嫁娶，寿诞喜庆，送礼受礼，人之常情，你就放心好了，没事。"张晓成想想有理，胆也壮了。从那以后，他也敢摆生日宴了，住院治病也敢收礼品了，盛情难却嘛。

张晓成的官越当越大，从局长助理升到副局长，而后又升到局长。有人送他字画，明明是真迹却说成是赝品；有人送他珍邮，几万元的猴年生肖票硬说成是八分钱一枚，张晓成通通装成外行笑纳了。天长日久，张晓成的胆子越来越大了，包工头的行贿他也敢收下，下属买官的红包，他装着不知道让夫人代收。这一天终于来到了，纪检委找他谈话。这时，张晓成又想起了李半仙，已经好久没有去找他了。他随机抽了个"牛"字，情不自禁地舒了一口气，谢天谢地，贵人自有神助，看来能够化危机为转机了。今年是牛年，又是我的本命年。有了"牛"字，就能牛气冲天，扭（牛）转乾坤了。但李半仙看到"牛"字后居然眉头紧皱，问他："想测什么？"张晓成支支吾吾了老半天才说："纪检委找我谈话了，不知是凶是吉，如果是凶是否可以逢凶化吉？"李半仙说："你自己的事自己清楚。不错，今年是牛年，也是你的本命年，可'牛'字就是'生'字失去了底线。"张晓成说："'牛'字不也是加了'一'就成了'生'字吗？"李半仙说："是啊，你是还有一线希望，就看你是否能坦白交代，也许还能从轻发落。"张晓成一听，吓得像头入海的泥牛怎么也牛气不起来了，心想：我测了大半辈子的字，怎么今天不灵了？

青铜姑娘和她的故事

　　一个年轻人在大街上闲逛，他发现一家古董店，奇怪的招牌吸引了他：青铜姑娘和她的故事。怪哉，怎么会有这么个古怪的店名？出于好奇心他步入了商店。店里的货架上摆着大大小小各式各样的青铜姑娘，造型栩栩如生，令人动心。他挑选了一尊青铜姑娘，问："怎么卖？"老板说："标签上写得清清楚楚，铜像是50美元，故事100美元。"年轻人说："我只买铜像，不需要什么故事。"老板笑了，说："当然可以，不过你会后悔的。"年轻人说："没什么可后悔的，让那些'很久很久以前的故事'见鬼去吧！"

　　年轻人拿着铜像走出了商店。走了不远，有个行人问他："你这铜像卖不卖？我可以花200美元买下。"年轻人心想，刚才那家商店多得是，卖给他就能凭空多赚150美元，何乐而不为？年轻人说："卖。"行人掏出钱，问道："这尊青铜姑娘的故事呢？"年轻人说："什么故事？我只买了铜像。"

行人立即反悔了，说："可惜，只有铜像就不值钱了。"说罢就走了。年轻人心里骂道：什么鬼故事，还这么值钱？年轻人又走没多远，又有一个行人要买他的青铜姑娘，这回出价更高了，是300美元，可一听说没有附带故事，扭头就走了。年轻人继续往前走，又出现一个行人，拦住他非要买青铜姑娘不可，出价高达400美元。年轻人说："卖你是可以，但我没有买下故事。"那人一听，大失所望，叹道："天下有这么傻的人，买青铜姑娘居然会不买故事的。"

年轻人心乱如麻，到底是什么神奇的故事，这么值钱？他想了想，立即掉头来到那家商店，花150美元买下了故事。当年轻人再走到大街上时，刚才想向他买青铜姑娘和故事的行人再也没有出现。

店老板望着年轻人远去的背影，笑道："这就是不读中国古代寓言的后果，连'三人成虎'的故事都不晓得，就敢到社会上行走，还自以为是个聪明人。"

明月图

　　黄慎是清朝年间的大画家，著名的"扬州八怪"之一，福建宁化人。黄慎虽然画得一手好画，可是从来不会借此逢迎钻营，所以也就当不了官，一辈子只是布衣。有钱人出高价来买黄慎的画，黄慎面对白花花的银子，连看都不看一眼。那些达官显贵、财主商贾往往是乘兴而来，败兴而归。倒是那些田夫野老、渔翁樵叟，如果向黄慎索画，他总是欣然命笔，慷慨相赠，不取分文。正因为如此，黄慎虽然名气很大，家里却是一贫如洗。

　　黄慎有个女儿，名叫黄娴。黄娴生性聪颖，又长得苗条秀丽，很得父亲的疼爱。她对父亲也十分孝顺，小小年纪就学会了操持家务，让父亲能够安心地作画吟诗，不必为每日的柴米油盐担忧。黄慎一家的日子过得虽然清苦，倒也将就着有吃有穿。

　　寒来暑往，岁月流逝，转眼间，黄娴已经是个十七八岁的大姑娘了。男大当婚，女大当嫁，女儿虽好，可也留不住了。

明天女儿就要出嫁了。黄慎特意叫女儿打了一壶甜酒。当夜，黄慎独自一人"咕嘟咕嘟"地一口气喝下去，然后倒头大睡。翌日醒来，他脸也不洗，口也不漱，马上展纸磨墨，挥笔作画，一鼓作气地画了十几幅。女儿临上轿时，黄慎将这些新作的画装入陪嫁的箱子，对女儿说："为父没有钱替你办嫁妆，这些画就作为你的嫁妆吧。"同时，黄慎还拿出一幅画，嘱咐道："这幅画是为父平生的得意之作，你得贴身收藏，只有在家境最贫苦的时候才能拿到当铺去典当。千万记住，非一千两银子不当。"

黄娴含着泪，点了点头，她记住了父亲的叮嘱。

黄娴到了婆家，公公和婆婆见新媳妇带来了一箱子嫁妆，以为全是些金银财宝，谁知打开一看，尽是些水墨画，而且不是残山剩水，就是枯枝败叶。公公和婆婆转喜为怒，一气之下，将这些画全都用火烧了。等到黄娴发现时，十几幅画全都化为灰烬。这太叫人伤心了，黄娴为此哭了三天三夜。

幸好，黄娴的丈夫是个老实的后生，成亲后，小两口相亲相爱，日子倒也过得挺和睦。

过了三年，公婆相继去世了，丈夫又得了大病，本来就不宽裕的家庭欠了一大笔债，家里穷得连粥也喝不上了。黄娴无可奈何，想起了父亲的嘱咐，便带着那幅贴身收藏的画进城典当。

城东当铺的账房先生是个行家，一眼就看出这是一幅不可多得的宝画，但他仍然装出不屑一顾的神色，问道："你想当多少钱？"黄娴答道："一千两银子。""太贵了，这么一幅画，只不过涂了个圆圈，充其量只值五百吊钱。你愿意就当，不愿意就带回去。"话虽这么说，可账房先生却把画紧紧地捏住，生怕脱手。黄娴心想：丈夫病得厉害，有五百吊钱倒也可以救急，就当了吧。可是她转念一想，出嫁时父亲再三叮咛，这幅画没有一千两银子是不能典当的呀！

于是，黄娴说："你既然舍不得一千两银子，那也不勉强，我就上城西那家当铺去。"账房先生一听，只好软了下来，不得不付给黄娴一千两银子，并且立下了一张字据，特别注明：典当《明月图》一幅，画中有圆月一轮。

《明月图》这幅画当了一千两银子，这事被当铺老板知道后大发雷霆："好呀！打别人的孩子不心疼，你想把我的家当全败光是不是？这么一幅破烂画，丢到大街上都没人捡，你竟给人家一千两银子，你安的什么心？你给我滚，我不要你来管账了。"

账房先生没有申辩，他卷起铺盖就离开了当铺。

话说黄娴的丈夫吃了几帖中药后，病就好了，便用当画剩余的钱外出做生意，赚了不少钱。

黄娴见家境好转，便向丈夫要了一千两银子上当铺赎画。当铺老板万万没想到黄娴会拿一千两银子前来赎画，真是喜出望外，他赶紧取出那幅画。黄娴打开一看，发现画上的一轮圆月变成了半月，她指着字据说："我当的画明明是圆月一轮，怎么成了半边月了？"当铺老板一看，也惊呆了。他灵机一动，对黄娴说："这事是账房先生经办的，待我问清了，再回复你。"

　　当天，当铺老板赶紧找到原来的账房先生。账房先生笑道："我知道你迟早要来找我的。那幅《明月图》是件稀有之宝，可惜你不识宝。这样吧，等到十五那天，你再叫那女人来赎画，保证你可以还她一轮明月。"果然，十五那天，黄娴应约前来赎画时，画上的月亮又由半边月变成一轮圆月了。原来，这幅画上的明月同天上的月亮一样，是有圆有缺的。

　　据说，这幅《明月图》被黄娴赎回后，把它当作传家宝来珍藏，任是什么人出高价她都不卖。可是，这幅画传到黄慎的外孙时，年幼的外孙见画上的墨迹因年久已经模糊不清了，便自作聪明地用毛笔将圆月又描了一圈。打那以后，画上的月亮再也不会圆缺变化了。

奇异的魔术

魔术师走上舞台，右手摘下高礼帽，左手伸进帽子里很快就掏出了一束鲜花。如此老掉牙的节目实在引不起观众的兴趣，台下一片喝倒彩的尖叫声。

魔术师说道："请大家少安毋躁，这个节目名叫《掏宝》，精彩的还在后头。有哪位观众乐意上台来，他想要什么，我就能给他什么。"一位年轻人自告奋勇走上了台。

魔术师问道："你想要什么？"年轻人说："我想要一只兔子。"果然，魔术师从高礼帽里掏出了一只活蹦乱跳的兔子。

台下的观众有人喊道："傻瓜，兔子早就藏在帽子里了，你不会要点值钱的。"

年轻人又说："我想要个金元宝。"魔术师又让他从帽子里掏出了一个金灿灿的元宝。魔术师道："这可是纯金的，不信你可以到银行请专家鉴定。"

年轻人又说:"我想要一辆宝马车。"魔术师说:"年轻人,你的胃口可真大,居然要我从这顶帽子里变出宝马车来?"年轻人说:"是你自己亲口说的,你什么都能变。"魔术师说:"那好吧,你就掏吧!"

年轻人从帽子里掏出了一辆玩具车,他说:"这是给三岁孩子玩的,你也敢拿来糊弄人?"魔术师说:"你别急,你将它放在地上就能见分晓。"年轻人将玩具车放在地上,立即变成了一辆崭新的宝马车。场上的观众一片赞叹声。此时,演出渐入佳境,观众们完全被这奇异的魔术吸引住了。

年轻人的胃口更大了,他说:"我想要一位美女当老婆。"魔术师说:"给物还不过瘾,如今想要大活人了。行,满足你的欲望。"年轻人把手伸进帽子,果然拉出了一位貌若天仙的大美人。

年轻人继续说:"有了人,总得有地方住,我想要一幢大别墅。"魔术师说:"真是人心不足蛇吞象啊,这么一顶小小的帽子却要变出一幢大别墅来?好吧,你就伸手掏吧!"年轻人从帽子里掏出了一把钥匙和一本房产证书。魔术师说:"你要的别墅太大了,这个舞蹈台摆不下。"

年轻人喊道:"我还想要!"魔术师说:"难道有车有房有美人,这一切你还不满足吗?"年轻人坚持说:"我最后还有一个要求,我想成为一个亿万富翁。"魔术师说:"我都还只是个魔术师,还得在舞蹈台上辛辛苦苦地演出才能养家糊口，你却要我让你变成一个亿万富翁，这道题也太难了吧？"年轻人说："是你自己夸下了海口，我想要什么，你就能变什么。"魔术师说："好吧，我也豁出去了，只要你的手够长，你就使劲掏吧。"年轻人迫不及待地把手伸进帽子里。突然，他感到帽子像是有个巨大的磁铁，自己犹如铁屑完全被吸住了，怎么也摆脱不了。一股强大的力量正不可抗拒地拉着他，突然，他的整个身子倒栽葱地掉进帽子里。就这样，年轻人不到几秒钟的时间就在舞台上消失了。

魔术师将帽子重新戴在头上，优雅地行了谢幕礼，对观众说："这就是现代版的《渔夫和金鱼的故事》。演出到此结束。"这时大幕徐徐落下。

观众们目瞪口呆，台下一片哗然，大家都闹不清楚，这到底是如梦如幻的魔术还是惊心动魄的现实！

光绪皇帝测"王"字

　　1900 年（光绪二十六年）8 月，八国联军入侵北京城后，慈禧太后挟光绪皇帝仓皇向西安逃窜，经过山西境内时宿于平遥县。

　　这天中午时分，光绪皇帝趁慈禧太后午间休息，偷偷溜到清虚观。光绪皇帝行至纯阳宫的月台，道长出来迎接，他早就听说光绪皇帝一行来到平遥，他见来者虽身穿便服，但有王者风度，气势不凡，心中明白了几分，便问道："施主可否问道？"

　　光绪皇帝说："闲来无事，只是顺便走走看看。"

　　道长说："平遥的占卜远近闻名，一向是测得很准的。来平遥不测字，有如到了北京不登长城。"

　　经道长这么一说，光绪皇帝顿时来了兴趣，便问："道长如此自信，岂不有王婆卖瓜、自吹自夸之嫌？"

　　道长说："是骡是马拉出来遛遛就见分晓了，手中没有金刚钻，谁敢揽瓷器活？"

光绪皇帝说："你这小小的清虚观总不见得比北京的白云观还灵验吧？"

道长说："俗话说，千里不同风，百里不同俗。古人云：山不在高，有仙则名；水不在深，有龙则灵。芍药虽小也学牡丹开，清虚观不大，名声可是在外的。"

光绪皇帝说："嚯，口气倒是不小，何以见得？"

道长说："平遥是汉孝文帝刘恒的发祥之地，史称中都。当时汉孝文帝还只是代王，他准备进京即位时，举棋不定，母亲薄太后请来卜官，占了一课，龟甲出现裂纹，是大横之兆。核爻辞：大横庚庚，余为天王，夏启为昌。意思是：粗犷有力的横纹啊，预示着我将做天王，像夏禹之子夏启那样光大先君的大业。代王不解地问：我已经是诸侯王了，怎么还称天王？卜官说：天王就是天子的意思。代王听了之后，坦然踏上赴京之途。"

光绪皇帝说："汉孝文帝是汉朝的皇帝，贵观则是在唐朝时才建立的，两者相隔数百年，风马牛不相及，怎能证明贵观的占卜之灵呢？"

道长说："施主是只知其一，不知其二，乡下人看病尚且还要找祖传三代的中医世家，更不用说占卜者了，那都是世代相传的。所谓人杰地灵，那'杰'字靠的就是细水长流、代代相传，那'灵'靠的就是香火不断、一脉相承啊！"

光绪皇帝点头称是,说:"是有点道理。那我就测一字。"

道长说:"施主请。"

光绪皇帝说:"既然平遥是代王的发祥之地,那我就沾点代王的福气,测个'王'字吧!"

道长说:"王字上加个白字是皇,九五之尊,至高无上;可惜你这王字,白字却在右边。"

光绪皇帝问:"此话怎讲?"

道长说:"王右有白,有王伯之才。"

光绪皇帝说:"有王伯之才是好事,你为何说可惜?"

道长说:"有王伯之才当然不错,古人云:修意为三皇,修音为五帝,修象为三王,修数为五伯,修仁为有虞,修礼为夏禹,修义为商汤,修智为周发,修性为文王,修情为武王,修形为周公,修才为齐恒,修术为楚庄。这确实是很难得的,可惜的是,你空有王伯之才,胸怀文韬武略却施展不开。"

光绪皇帝问:"也许是时候未到吧?三年还能等到一个闰月年,机会总是有的。"

道长说:"你啊,就差在那一点上。"

光绪皇帝问:"这又是什么意思?"

道长说:"那一点如果落在王的腰间,就成了玉字,有了传国玉玺,令行天下,你才是真正的九五之尊;那一点如果骑在王的头上,就成了主字,主子在上,号令不行啊。"

光绪皇帝听了，不由得神色黯然，问道："难道就没有破解之法吗？"

　　道长说："难啊，因为你测的是'王'字，这事就是山西人说的半斤面放了四两碱——拿死了。"

　　光绪皇帝说："'王'字有何说法？"

　　道长说："王字抽去中间的一根主心骨就成了'工'字，那可就是玉体不安或者是毁玉之象！"

　　光绪皇帝听了，大惊失色。

　　道长叹道："王都直不起腰杆，难成大事啊！"

　　光绪皇帝很是沮丧，默默无言地离开了清虚观。

　　光绪皇帝回到住地，慈禧太后问他："皇上上哪儿了？我派人四处去找没找着。"

　　光绪皇帝说："只是出去散散心。"

　　慈禧太后笑了："皇上这是散的什么心？出去时还是晴空万里，怎么回来了倒乌云密布？"

　　光绪皇帝无言以对。

寻找完美的妻子

"三八"节这天，丈夫陪同妻子来到全市最大的商场。突然，丈夫发现一则有趣的广告：为了纪念"三八"国际妇女节，本商场特别隆重推出"寻找完美的妻子"的活动，参加者必须是一对夫妻，欢迎你们的参与！

有意思！丈夫跃跃欲试，可妻子不感兴趣，心想万一他找到了一个完美的妻子，那时我要往哪里摆？妻子说："那有什么意思，我们逛商场去。"丈夫说："反正是闹着玩的，你就让我玩一把，今天是你的节日，我也想高兴高兴。"话说到这个份上，妻子还能说什么呢？总不能在大庭广众中俩人争执起来，更何况今天丈夫好不容易才答应陪她逛商场，妻子也不想扫丈夫的兴，只好很不情愿地点了点头。

丈夫在女服务员的引导下步入了"寻找完美的妻子"的第一层楼，而妻子则由另一名女服务员带走了。在第一层，墙上挂满了姣美的女人彩照，令人目不暇接。讲解员说："在这一层里，你可以找到容貌美丽的妻子，这种机会大概在四十个女人中会有这么一个。不过，你如果更上一层楼的话，你还可以找到不但容貌美丽而且相当富有的妻子。"

丈夫心想，我又不是二百五，多跑几步路能找到更完美的妻子，何乐而不为？讲解员叮嘱他，不管上哪一层，上去之后就不能再下来了。丈夫心里说：好马不吃回头草，人往高处走，我何必要回头？于是，他毫不犹豫地上了第二层楼。

在第二层，墙上同样挂满了姣美的女人彩照，不同的是彩照下面还标出她们各自的身价。哎呀，全是身价了得的富婆，不，应当说是富女。讲解员说："富有的女人很稀罕，在六十个人里只有一个，不过，如果说你愿意到第三层的话，你将会找到不但貌美、富有而且又贤惠的妻子。"丈夫心想，这真是天上掉下馅饼了，同样是我这个人，能找到更完美的妻子，我为什么要放弃呢？于是，丈夫到了第三层。

在第三层，讲解员一一介绍那些妻子是如何的貌美、富有而又贤惠，诸如孝敬公婆，养儿育女等。"如此贤惠的妻子不容易找到呀，在三十个女人里才出现一个。不过，如果你想要求更高的话，可以到第四层，那里的妻子除了貌美、富有而又贤惠外，还是个聪明的才女。"讲解员的话音简直是一篇动人的乐章，丈夫一听，这太美妙了，人家不是常说"女人家头发长见识短"吗？我找个聪明的女人为妻脸上是何等的荣光啊。说时迟，那时快，丈夫快步上了第四层。

在第四层，讲解员讲述了那些才女们的专长，有的毕业于清华、北大等名牌高校，有的琴棋书画样样精通，有的能歌善舞多才多艺，等等。这样的女人实在难得，丈夫听得笑逐颜开。讲解员又说："别忘了，你找的是妻子，性感无疑也是个重要的条件，第五层的妻子除了貌美、富有、贤惠、聪明之外，还很性感。"丈夫心想，这么重要的一点我怎么倒给忘了？女人嘛就得有女人味，要不还有什么意思？丈夫迫不及待地上了第五层楼。

在第五层，彩照上的女人们将妩媚展示得淋漓尽致，丈夫见了不由得热血鼎沸。讲解员介绍说，这样的女人在二十个人里只能找到一个，是很珍贵的。正当丈夫想确定要这一层的完美妻子时，讲解员问道："难道你不想上第六层看看？那里的妻子除了貌美、富有、贤惠、性感外，还具有忠诚的品格。"丈夫大吃一惊，我真是糊涂了，妻子如果不忠诚，浪荡成性，红杏出墙，让我戴上绿帽子可就全砸了。丈夫赶紧三步并作两步上了第六层楼。

在第六层，讲解员对他说："这样的完美的妻子在三十个人里只有一个，你可得加倍珍惜呀。恭喜你，你总算找到你心目中的完美妻子了。我们来统计一下：$1/40 \times 1/60 \times 1/30 \times 1/30 \times 1/20 \times 1/30$，统计的结果为 $1/1296000000$。"丈夫听到这天文数字，当场"晕菜"了。

讲解员将丈夫带到一幅巨大的图画面前对他说:"你心目中完美的妻子就在这幅图里,请你将她找出来。"丈夫眼前的图画有如繁星密布,讲解员告诉他,只要他能从密密麻麻、数也数不清的圆点中找出其中一个代表他完美妻子的圆点,他就能得到完美的妻子了。丈夫顿时感到头晕目眩,天啊,这怎么办得到?讲解员提醒他:"记住,你只有一次机会。"丈夫只能是胡乱一指,答案自然是错的。讲解员同情地笑了笑,说:"请你从安全门出去,因为你已失去了寻找心目中完美妻子的机会,但是你生活中的爱妻正在等待着您,祝您幸福!"丈夫终于醒悟过来了,刚才自己有如飘浮在半空中,此时此刻才脚踏实地。

人贵有自知之明,要多看到自己的缺点、弱点、短处。凭自己这样的条件居然做起寻找完美妻子的白日梦,也真是太可笑了,还是回到现实生活中知足常乐吧。

丈夫走出安全门,一位女服务员笑容可掬地递给他一束红玫瑰说:"这是为你的爱妻准备的,你可以送给她作为节日的祝贺。她正在等候着您,欢迎你们一起参观商场,为您的爱妻选购节日的礼品。"丈夫见到妻子,仿佛久别重逢,格外的激动。他将手中的玫瑰送给妻子后说:"直到今天,我才懂得你对我是多么的珍贵!"

传国玉玺是公的

唐懿宗是个骄奢淫逸、倒行逆施的皇帝。他在位期间，对国家政事漠不关心，倒是热衷于乐舞、宴会和游玩。他几乎每天都要观看优伶乐工的演出，只要他一高兴，对这些人就会大加赏赐，动不动便是上千贯钱。唐懿宗咸通年间，俳优李可及头脑机灵，为人滑稽，很受唐懿宗的赏识。

有一回，皇家举行庆典，和尚、道士诵完经后，便轮到李可及的滑稽戏粉墨登场了。只见李可及登上台，自演双簧，为儒、释、道三教争论高低。

有个由戏子扮装的听众问："你既然精通三教，可知太上老君是个怎样的人？"李可及不假思索地答道："是妇人。"此话一出，众人听了有如坠入云里雾中。

李可及不慌不忙地解释道："《道德经》说，吾有大患，为吾有身，及吾无身，吾有何患？这本书就是太上老君自己写的，他如果不是妇人，为何会怀有身孕？"这时有人问：

"文宣王是个怎样的人？"李可及说："这还用问吗，当然也是妇人。"这么一来，连唐懿宗也急了，问道："为什么？"李可及说："《论语》上不是说得很清楚吗：沽之哉，沽之哉，我待价（嫁）者也。由此可见，文宣王不但是女子，而且是待字闺中的黄花闺女，所以才自称是待嫁的人。"

又有人问："你可知道佛祖如来是个怎么样的人？"李可及说："也是妇人。"众人都丈二和尚摸不着头脑，都问："你这么说有何证据？"李可及说："当然有，《金刚经》上说，敷（夫）坐而坐。只有等到丈夫坐定了，她才敢坐下，难道不是妇人吗？"这么一说，连唐懿宗也笑了，但转眼就拉下脸来，说："大胆李可及，你明知朕是信佛的，竟敢当着朕的面取笑佛祖如来，该当何罪？"李可及赶紧下跪，叩头请罪："微臣罪该万死！"唐懿宗见到李可及的狼狈相又乐了，哈哈大笑，说："算了，算了，戏台上不妨开些不登大雅之堂的玩笑取乐，朕免你的罪！"说罢，还下令重赏李可及。

唐懿宗说："你这些说辞都是事先编好的，你能不能由朕出题当场来考考你？"李可及说："敬请陛下指教。"唐懿宗令人捧出传国玉玺，说："这就是传国玉玺，你看清楚了，你说这传国玉玺是用公玉制成的还是母玉制成的？"

李可及说："当然是公玉。"唐懿宗说："错了，成语'如花似玉'、'偷香窃玉'都是用来指女子，怎么会是公玉？"李可及说："《诗经·小雅·鹤鸣》说：他山之石，可以攻（公）

玉，这玉当然是公的了。"唐懿宗说："好，算你伶牙俐齿，朕问你，这玉是男的还是女的？"李可及说："男的。"唐懿宗问："有何根据？"李可及说："《三国志·诸葛恪传》上说，孙权见而奇之，谓其父瑾曰：蓝（男）田生玉，真不虚也。"唐懿宗说："好个李可及，朕不信考不倒你！"

李可及说："一而再，再而三，这第三关可要请陛下高抬贵手了。"唐懿宗再问："你说这玉是雄的还是雌的？"李可及说："当然是雄的。"唐懿宗问："为什么？"李可及说："《三国志》说，腾为人长八尺余，身体洪大，面鼻雄异（玉）。"唐懿宗说："你真是长了一条三寸不烂之舌。"于是，唐懿宗又重赏了李可及。

如果说李可及拿三教祖师爷取笑，颇有些胆识的话，后来的说玉就纯粹是巧妙地利用谐音，玩语言游戏以博得皇帝一笑了。唐懿宗的日常生活总是围绕着歌台舞榭、酒池肉林打转，乐此不疲。上有所好，下必甚焉。整个咸通时代，从京城到地方，处处都弥漫着穷奢极欲、醉生梦死的风气，正如晚唐著名诗人韦庄《贵公子》所咏"瑶池宴罢归来醉，笑说君王在月宫"，唐懿宗以为他可以天天在月宫里过神仙般的日子，但那不过是白日梦而已，大唐帝国的末世挽歌已是隐约可闻了。

偷梁换柱

　　克罗德是从小学时代、准确地说是从十岁生日那天迷上了买彩券的，可总是运气不佳，中的奖都是些五元、十元的末奖，大奖从来没有眷顾过他，这使他很沮丧。

　　有一回，他特地找算命占卜师算算自己的彩券运到底如何。谁知那算命占卜师用星座法帮他测算了一番，说他一生没有财运，也就只能得些末奖聊以自慰而已，这就更使他沮丧了。不过，克罗德对购买彩券的热情始终没有减退，每期总是照买不误，已经养成了习惯，要改也难。管它呢，中不了大奖就算了，买彩票就是买希望，中不中都是一种乐趣。

　　在克罗德六十岁生日那天，他到一家便利商店买了一张彩券，算是庆祝自己的六十大寿，也算是纪念自己购买彩票五十周年。第二天，他回去查对有无中奖。当他把彩券放进机器扫描后，机器的显示是"恭喜中奖，请向投注站查询"。对此，克罗德已是司空见惯了，老一套，不外又是五元的鼓励奖。克罗德都懒得去领奖了，说实在怕人们笑话他。

克罗德把彩券交给店员杰夫："你帮我核对核对，看看又中了什么末尾奖？"杰夫告诉他："恭喜你啦，你又中了五元的奖。"克罗德羞愧难当，挥挥手说："算了，算了，这奖你替我领好了，下回我再买一张。"克罗德赶紧往回走，生怕被人看到他通红的脸。其实，克罗德的彩券已猜中了五个数字，中了五十多万元的巨奖，但他却一无所知。杰夫望着克罗德留下的既没签名也没留下电话号码的彩票，真是欣喜若狂。

克罗德回家后，临睡前按往常的习惯都要躺在床上看一会儿书。有一则寓言引起了克罗德的兴趣：有个人到某地寻宝，据说那儿的石子中藏有宝石。满眼都是石子，可是宝石在哪里呢？那人不分白天黑夜，日复一日，月复一月，年复一年地捡石子，捡一块丢一块，从来都没有捡到宝石。有一天，那人向上帝抱怨道："上帝啊，你为何这么不公平，我从年青捡到白发苍苍，可你从未让我捡到过宝石。"上帝说："你昨天不就捡到了宝石吗？为何又将它丢了？"那人大吃一惊，又赶回昨天的地方，寻找那颗被他丢弃的宝石，可是怎么也找不到了。后来，那个人疯了。

克罗德心想，这个人也真够蠢的，谁叫他捡到宝又将它丢了，疯了也是活该！想着，想着，克罗德睡着了。在克罗德酣然入梦时，杰夫和他的妻子康妮却怎么也睡不着觉。

杰夫要康妮明天赶快到彩券局领取五十万元的巨奖，康妮不干，康妮说："你不会自己去领奖？"杰夫火了："我自己就是卖彩票的，怎么能自己去领奖，那不是监守自盗？"康妮又说："那你花点钱雇个人去领奖，反正你有五十万了，这点钱还不是九牛一毛。"克罗德教训道："你真是头发长见识短，让别人去领，那人要是见钱眼开，要和我平分怎么办？再说，如果写上他的名字，从法律上来说，彩券就是属于他的，他要是将钱独吞了，你也毫无办法。"康妮说不过杰夫，第二天只好心惊胆战地上彩券局领奖。

彩券局的人员看到康妮前来领取五十万元的巨奖，但是脸上却没有洋溢着喜悦的笑意，倒是一脸紧张的神情。怪了，这人怎么会是这种神态？工作人员例行公事地问她："你这彩券是在哪里买的？"这倒好回答，但她仍然像绷得太紧的弦随时都会拉断似的。工作人员又问，这张彩券是何时买的，是上午还是下午？是你自己一个人去买的还是与谁同行？是否是电脑选取的号码，等等。按说，这些都是中奖人应该能够迅速回答的简单问题，可对康妮来说却有如随时都会引爆的定时炸弹。康妮的脑壳都快要炸裂了，她巴不得逃之夭夭，什么五十万元统统都见鬼去吧！工作人员见康妮支支吾吾，一个问题也答不上来，只好请来了总经理。总经理一来，康妮就更慌了，吓得浑身发抖，好像就要被押上断头台的死囚一般。最终，康妮被警察给带走了，因为她犯了冒领彩券罪。

此时此刻，彩券局的电脑就大显身手了。通过电脑很快就查出了中奖彩券是在何时何地卖出的，而且还调出了当时的监控录影带。彩券局立即公布了购买彩券的监控录像带。当克罗德看到电视时感到好生奇怪，这人怎么长得跟我好像是双胞胎兄弟似的？出于好奇心，他把电脑的画面放大一看："我的上帝啊，这不就是我自己吗？"克罗德快乐得差点昏过去。

克罗德领到了五十万元巨奖，他在接受电视台记者采访时说："我真傻，我其实就是寓言里讽刺的那个捡宝石的人，不过幸运的是我没有疯了，而是失而复得地领到了巨额奖金。这全是电脑和监控录像的功劳。"克罗德表示，要买一百台电脑赠送给彩券局，感谢他们为他找回了五十万的奖金。

顺带说一下，欺骗顾客的店员杰夫被便利商店解雇了，警察正在调查他的犯罪经过。

无法承受的高官厚禄

袁天罡是唐朝的一大奇人，他总能想出一些异想天开的怪点子来。不知是哪一天，他心血来潮发明了称骨算命法。人有命运本来就是件不可捉摸的事，而根据骨头的重量能算出命运来，就更是匪夷所思了。

一个人的出生年份按干支来确定重量；出生的月份、日数按阴历来确定重量；出生的时辰按十二时辰确定重量。例如，一个人出生在甲子年正月初一子时，甲子年骨重一两二钱，正月骨重六钱，初一骨重五钱，子时骨重一两六钱。年、月、日、时骨重加在一起，总的骨重三两九钱，再查看"称骨歌"（一种类似乘法口诀的表），便能知道此人可承受多大的荣华富贵了——反正信不信由你！

唐朝贞观年间，有两个升斗小民的命运似乎与称骨算命法有关。先说第一人，此人叫王无碍。无碍无碍一生无碍，似乎活得很潇洒。此人会赌博，更是玩弄鹞鹰的高手。李世民在未发迹时与他一起玩过鹰，也游戏赌钱。李世民毕竟是贵族子弟，在赌场上怎能是擅长使诈的无业游民的对手，结果王无碍赢了李世民。李世民不服，与他争吵甚至动了手。

李世民当了皇帝后成了唐太宗，王无碍想起当年的往事就感到后怕，他躲了起来。唐太宗回忆起当年的往事则感到有趣，想找王无碍叙叙旧，可怎么也找不到他。唐太宗是何等聪明的人，他想了个妙招：让手下的人从宫中挑了一只上等的鹞子到集市上贩卖，特地喊了个天价。这下轰动了鹞子市场，也就将王无碍引出来了。

王无碍一见鹞子就说："鸟是好鸟，但最多只值十几贯，你这是漫天要价，狮子大开口。"卖鹞子的人说："你算哪根葱？没钱买就靠一边站去，别在这儿充大爷。"

旁人插嘴道："他可是王无碍，他定的鹞子价从来就不会错的。"

卖鹞子的人说："你就是王无碍啊，想找的正是你，跟我到宫里走一趟，皇上有请。"

就这样，王无碍被召到了宫中。王无碍见到唐太宗，吓得忙不迭地叩头赔罪道歉，大叫"当年有眼无珠不识龙颜冒犯了真命天子真是罪该万死"。唐太宗见状不由得哈哈大笑，说："起来，起来，你不是李扬，朕也不是石勒。"

这话可有典故，出自"李扬宿憾"，说的是晋朝有个叫李扬的人，他与石勒是同乡。当年，两人在家乡经营一些沤麻的池子，有一回双方为了争夺一个池子的所有权打了一架。后来石勒当上了后赵的国主，他请李扬去喝酒，表扬说："当年咱俩打架，我挨了你结实的拳头，你也遭受了我恶狠狠的还击。""今天朕不但不提当年打架的事，还要给你一个意外的惊喜。这些天，天下各州县向宫中送布绢，朕特许你在春明门外守三天，凡是这三日内到达的庸车全归你所有。"

春明门是长安城东三门中的中央那道门，是进出长安城最主要的城门。这真是喜从天降，往年各州县送布绢的庸车可是络绎不绝，我王无碍要发大财了！没想到人算不如天算，正好碰上灞河桥损毁，庸车全都改道了，整整三天，王无碍只收了三辆庸车，算是聊胜于无了。王无碍叹道：虚受吾君赏赐恩。王无碍实在不甘心，他请求唐太宗开恩赏给他一个五品官做做。唐太宗说："赐你个五品官容易，朕一句话的事，只是你命薄，怕你没有这个福气。"王无碍说："穷困才难挨，富贵有啥受不了？我不信袁天罡称骨算命那一套。"唐太宗叹道："那好，这是你心甘情愿的，可怪不得朕没有事先提醒你。"唐太宗只好给他一个五品官做。上任的当天夜里，王无碍与他的狐朋狗友举杯狂饮，没想到喝酒过量居然一命呜呼了。

再说另一个人，姓王名显，也是唐太宗当年的发小，俩人的关系很铁。王显的胆子小，没有跟着李世民打江山。李世民那时说他："你王显是好人，不过你到老都不作茧。"意思是说王显一生碌碌无为，不是富贵中人。

唐太宗登基后，王显也来参谒，那意思是明摆着的，"苟富贵莫相忘"嘛。当然，王显话说得很有技巧，他说："陛下，不知小民今日作茧了吗？"唐太宗被他说笑了："你作不作茧是老天爷管的事，朕也不知道。不过你既然来了，朕也不能让你白跑一趟。"

唐太宗将王显的三个儿子分别授予五品官，唯独没有王显的份儿。王显想不通，唐太宗说："你不要想不开，你实在是没有官相啊。"王显说："古人都说了，文臣武将宁有种乎？小民只要当了官，朝贵而夕死无憾。"王显也是个脑筋灵活的人，临时将"王侯将相"改成"文臣武将"，免得唐太宗听了不舒服。

这时，站在一旁的仆射房玄龄劝道："既然他是陛下的潜龙之旧，给个官做做也无妨。"唐太宗实在是万般无奈，说："只怕朕会害了你。"王显终于得了个三品官，又是身穿紫袍，又是佩戴金带，外加带着三个当五品官的儿子，衣锦还乡，真是威风八面，全县都轰动了。

"平日，我见到县太爷还要跪拜，如今轮到他向我的儿子跪拜了。七品县令算什么鸟，我可是正三品。"王显见到贺喜的人如潮水般拥来，王家一时门庭若市，被挤得水泄不通，真是高兴得合不拢嘴。但他老人家怎经得起这般闹腾，当晚就脑溢血发作一命归天了。

冤枉债

　　郭博文与张三益是在中国相识的。

　　郭博文到中国旅游时正巧住进了张三益开的旅馆。一天，吃早餐时，俩人聊了起来，话很投机，相见恨晚。张三益这几年做生意发了点小财，没钱的时候想赚钱，有了钱又生怕失去。张三益想移民到美国，把钱存入美国的本土银行，心里也许会更踏实些。虽说中国也有花旗银行，可那毕竟是在中国的土地上，张三益生怕哪一天钱会被冻结了。

　　郭博文说："想移民美国，只要你手头有钱，那还不是手到擒来的事？"张三益问："此话怎讲？"郭博文说："只要你在美国买了房产，移民还不是顺理成章的事？"张三益想想也是，在中国的许多城市，买了房子，就能办理户口，想必美国也是如此。张三益说："可是我在美国无亲无眷，无朋无友，人生地疏，孤鸟插人群，买房子怕会吃亏的。"郭博文说："昨天你如果说这话，那还有几分道理，可今天就不一样了，你我已是朋友了，虽还不敢说肝胆相照，但至少是可以信任、可以托付的。我在美国就是经营房地产的，我有几处房产，随你挑选，包你满意。"张三益大喜过望，感谢郭博文这位贵人相助。

郭博文回到美国后，发来了商务考察的邀请，张三益便携带巨款来到美国了。郭博文果然是个大款，他带着张三益在洛杉矶看了几处房产，价格与张三益事先了解的行情相比，确实公平合理，令人满意。张三益看中了一处房产，砸下五十多万元，"一手交钱，一手交房"，张三益拿到了房产所有权状。为了保证诚信，郭博文还带着张三益到公证处办理了房产所有权状的公证。一切都是有条不紊，按部就班，滴水不漏，没啥可说的。张三益好似吃了定心丸。

张三益想请郭博文吃饭，郭博文说啥也不肯，他说："你可不能损我的脸面，到了美国，我就是东道主，这顿饭当然要由我来做东。今后你也是美国的房产主了，咱俩不分彼此，礼尚往来，我也就不和你计较了。"这顿饭吃得尽兴，真是皆大欢喜。

谁知好景不长，才过了一个多月，有一天，突然银行的人找上门来了，说是张三益的房产已被抵押借贷了三十万元。张三益一听，跳了起来："你们搞错了吧？我这房子是有房产所有权状的，而且还办理了公证。"银行人员说："不错，你是有房产所有权状，可是你的房屋产权还在被银行留置。"张三益听得一头雾水，说："你到底在说些什么，难道我这房产所有权状是假的？"银行人员是个华裔，他向张三益解释说："你是刚到美国的吧？千里不同风，百里不同俗，你的房产所有权状确实是真的，但是在美国的房产交易与中国是大不相同的。在中国，有了房产证就拥有法律承认的房产使用权了，屋主用房产抵押贷款，房产证需交银行保存，没有了房产证，屋主就无法出售房产了。而美国就大不相同了，在美国，房产被抵押贷款后，屋主仍然可以出售房屋并且签让渡证，当然，卖主持有的让渡证并不等于对房屋拥有了完整的产权。"

张三益一听，犹如五雷轰顶：完了，完了，这下子可惨了。他立即给郭博文挂电话，不出所料，电话关机了。美国的国土面积有九百多万平方公里，上哪儿去找这位可以信任可以托付的美国朋友呢？三十万啊，没想到要由张三益来清偿这笔冤枉债。

影子和书记

　　连泰升是 A 市的市委书记，俗称"第一把手"，大家都叫他连书记，他也习惯了。姓氏虽然只是一个符号，但还是有好坏之分的。当官的姓连毕竟能让人联想到"廉政"、"廉洁"等词儿，有益无害。要是姓傅，即使是正职也会被人当成副手，如果姓刁就更糟了，人们总会不由自主地想起《沙家浜》里的刁德一，虽然这近似荒唐，但确也是不争的事实。

　　一天中午，连泰升在办公室打瞌睡，昨晚同小情人折腾了一整夜，直到凌晨才迷迷糊糊地入睡，实在是太困了。突然，他感到有人在摇晃他的手臂，说："连泰升，醒醒，我要走了。"连泰升眼也没睁，问道："你是谁？"那人说："我是你的影子。"连泰升说："影子？我当是什么大人物呢，自古以来形影相随，你能走到哪里去？离开了我，你还能存在吗？"影子说："你贪污受贿，我都丢尽了脸面，我再也不愿和你在一起了。"连泰升说："你想威胁我？没门，不要说你一个影子，你就是找来一百个影子，我也不怕。你走就走吧，有啥大不了的？死了张屠夫，不吃混毛猪，我的书记照当。"

当连泰升醒来时，发现自己的影子果真没了。没了就没了，既不痛也不痒，又不伤筋动骨，怕个啥？连泰升根本不当一回事。

当书记的，剪彩、合影是常有的事。一天，连泰升出席某代表大会，会后与代表们合影留念。在拍照时，后面忽然有人悄悄地说："你瞧，连书记怎么会没有影子？真是怪事。"声音虽然细小，但许多人都听到了。连泰升坐在前排的正当中，那儿的影子空了一块，让人感到怪怪的，不寒而栗。

这事很快就在全市传开了，有人还加枝添叶地说，连书记收了那么多的昧心钱，连影子都不愿跟他连在一起了。微博上更是有声有色地大发议论，一传十，十传百，雪球越滚越大。连泰升虽是市委书记，也拿这些毫无办法。

这么一桩怪事自然也传到了省城。省纪检委书记便让副书记到 A 市查证，看是否是谣传。

副书记一到 A 市，连泰升理当尽地主之谊，接风酒是少不了的。这事还用查吗？酒席上，人人都有影子，唯独连泰升的影子却看不到。其他东西还可以藏着掖着，影子怎么能说没了就没了呢？副书记也感到百思不得其解，当然，他装出没有发觉的样子，酒照喝，舞照跳，几天后就回省城汇报了。

纪检书记听了副书记的汇报，眉头皱了起来，说："这么说，还真有其事？"

副书记说："千真万确，我可以用党性来担保。"

纪检书记上省立医院请教名医，名医听了之后，斩钉截铁地说："这真是怪事，至今世界上还没有听说过有这样奇特的病例。"

名医问纪检书记："是不是需要我到 A 市出诊，看看这样的病例有没有什么治疗的办法？"

纪检书记说："暂时还不要，政治上的事还是先用政治的办法来解决吧。"

纪检书记问副书记："你看这事该怎么办？"

副书记说："这可真是难办，我们总不能因为他没有影子就让他停职反省吧？"

纪检书记说："我们纪检委收到了几份连泰升的反映材料，只是还没有派人去调查落实，正好就趁这个机会，组织个调查组前去调查，是黑是白，也好查个水落石出。如果他是个好官，即使没有影子，也应当为他撑腰。"

省纪检委派出的调查组来到了 A 市，一查，连泰升果然是个贪官。

连泰升锒铛入狱。在拘留所，他突然发现自己的影子又

出现了。影子说:"连泰升,我又回来陪你了。"连泰升叹道:
"你回来有什么用?就因为你的出走,害得我乌纱帽丢了。
现在你回来了,可我丢掉的乌纱帽却捡不回来了。"

影子说:"只要你愿意改邪归正,重新做人,我乐意和
你在一起,你还可以有新的生活嘛。"

谁更聪明

　　一位富豪去 A 银行，说要贷款一百元，言明年利息五分，并坚持以两百万明年到期的政府公债作抵押。A 银行业务员听后说："一年后你将公债取走，银行只收入五元利息，得不偿失。"以此为由拒绝了富豪的贷款要求。

　　这位富豪又去 B 银行，提出了相同的要求。B 银行业务员却同意办理。富豪问 B 银行业务员："一年后我肯定要取走公债的，贵行只收入五元利息，不是太吃亏了吗？"业务员答道："这一点我们当然考虑到了。可你是我们的客户，拒绝了你的要求就等于将你推出门外，你还可以再去找别的银行。同意你的要求就是留住你的心。一推一留，大不一样。虽说我们眼下吃点小亏，但相信从长远来看我们不会吃亏。"

　　富豪说："对你们的服务我算是心悦诚服了。"

原装美女公证处

这个世界一切都乱了套了。

如果你是个相貌平平的女子，不要紧，只要你掏得出钱来，你就能成为一流的美女。你说韩国那么个小小的国家，哪来那么多的美女？奥秘何在？原来她们都是整容师整出来的"人造美女"。在韩国的首尔，狎鸥亭街就是著名的整容一条街，几百家的整容店一字排开，那阵势怎一个"整"字了得！

也许你会说，要整容总得本身有几分姿色吧，这样修整修整才能成为美女。此言差矣，哪怕你是个丑女，整容师也能将你打造得美若天仙。君不见如今换脸术已有成功的先例。世界上首个"换脸人"是一名三十八岁的女性，她被一只狗咬掉了鼻子、嘴唇和下巴，整张脸已经不成人形。患者接受了换脸的建议，而她的脸部捐献者来自一名脑死亡患者，其家属也同意捐出亲人的脸。结果她有了一张别人的脸。把人的整张脸都换了，比《聊斋志异》里的《画皮》还神奇。

女人都爱美，整容后有了一张漂亮的脸蛋当然是挺开心的事。可是，那些原装的美女就不开心了：这岂不是鱼目混珠吗？满街都是漂亮的脸蛋在晃来晃去，又没有贴上标签，注明是原装的或是人造的。更气人的是，原本原装的美女反而被误认为是经过整容的，这口窝囊气怎能咽得下？一名网友发帖指出，著名影星范冰冰做过切内眼角、隆鼻、磨腮手术，并提供了范整容医院的名称和地址，气得范冰冰花高价组织专家团为她做鉴定，以证明自己的清白。这也难怪，原装的与人造的真是云泥之别。你说，原创的名画《蒙娜丽莎》只有一幅，那可是价值连城，而复制品的《蒙娜丽莎》有千千万万，谁都买得起，这能同日而语吗？

原装的美女们当然不愿与人造美女们混为一谈，更不愿与她们同流合污，于是她们组织了原装美女大同盟，捍卫自己原装的尊严。可惜，好花不常开，好景不常在。互联网上有人指出，原装美女大同盟里50%的美女都是整过容的。这还了得，原子弹大爆炸了。甲美女指责乙美女是混进来的整容女，丙美女则说丁美女那张脸要多假就有多假。可谁都拿不出证据来，一场窝里斗使原装美女大同盟乱成了一锅粥。

正所谓时势造英雄，著名美容师徐建树看准了商机，关闭了红得发紫的美容院，第一个成立了"原装美女公证处"。

游戏规则、条款是由他来制定的：一、二、三、四、五；A、B、C、D、E；甲、乙、丙、丁、戊。洋洋洒洒，读起来令人头昏眼花。徐建树自己又成立了原装美女公证师培训中心，当上原装美女公证师那可是最令人羡慕的职业啊，工资高，活儿又轻松，整天不干别的，就是欣赏美女，你说她是原装的她就是原装的，公证处大印一盖，带有天安门水印的证书一发，谁也不敢怀疑。就好像其他的公证处公证毕业证书、出生证书、结婚证一样，那可是至高无上的权威啊，连洋人都认账的。原装美女们也不用再争吵了，她们纷纷跑到原装美女公证处领一份证书，这可是比哈佛大学的毕业证书还要值钱啊！俺可是百分之百的原装美女，如果被说成是人造美女，那还不如去跳黄浦江。

徐建树赚了个盆满钵满，别的整容师能不眼红吗？有钱大家赚，有饭大家吃，凭什么只有你徐建树才能公证原装美女？人总有泰极否来的一天，互联网披露了一个惊人的消息：徐建树的老婆就是个人造美女。有证有据，有板有眼，整容前的照片、整容后的照片全都刊登出来了；整容的医院地址、电话一清二楚；整容医师的采访应有尽有。徐建树一看傻眼了。原装美女们也吓得不敢再来公证了。这时，形形色色的原装美女公证处突然就像雨后春笋似的冒出来了：原装美女们，快来吧，我们这儿才是正宗的原装美女公证处！

购买天堂

　　某日，比尔·盖茨有幸巧遇上帝。真是千载难逢的良机，他立即兴致勃勃地向上帝提出了一个异想天开的要求："我想购买天堂！您出个价。"

　　上帝笑了笑，只是伸出一根手指头。比尔·盖茨一看，大喜过望，有戏了，金钱到底是万能的，居然连天堂也是有价的。身价数百亿美元的比尔·盖茨当然是个超乎常人的天才，他想，上帝的一根手指头绝对不会是意味着一亿美元，甚至也不会是十亿美元，于是他小心翼翼地问道："是不是需要百亿美元？"上帝不置可否，仍然是一根伸直的手指头。比尔·盖茨咬咬牙，终于吐出那句话："就是一千亿美元也行，我可以联合其他富翁一起来购买。"

　　上帝笑了，说道："世上的一切，青春、事业、家庭、妻子、儿女、金钱、财富等，都是一个个的零，只有健康才是一，你能拥有永远的健康吗？"比尔·盖茨叹道："我也是人，又不是神，怎么能拥有永远的健康呢？人总是要老去和死亡的，纵使是家财万贯的世界首富也不能例外。"上帝点了点头，说："是啊，你连个小小的一都不能长久地拥有，又怎能购买天堂呢？况且，天堂绝对不是金钱可以购买的。"

聪明的狮子

　　张汉生是个动物园的饲养员。有什么办法呢？高考差了几分，挤不进大学，父亲是动物园的饲养员，只好提前退休让他顶替了。

　　一开始，张汉生还挺高兴的，别人要买门票才进得了动物园的大门，可我每天工作在动物园里，这就是福分啊！可是日子久了，张汉生那份高兴劲就全喂狮子了。天天喂养动物，清扫动物的粪便，这哪是人干的活儿？宾馆的服务员伺候的是贵宾，可我却伺候虎豹豺狼，见人都矮三分。

　　张汉生当然是有理想抱负的，在读中学时，在《我的理想》的作文里他写道：我长大想当个化学家。可如今是"人落动物园被飞禽走兽欺"了。化学家是确实当不成了，没有实验室，没有试管、烧瓶，还化什么学？自己的理想只能是化为一缕轻烟。张汉生想，既然当化学家受到条件的限制，那我就当个数学家吧，只要有笔、有纸就行了。当年华罗庚只不过是个初中毕业生，我好歹还是个重点中学的高中毕业生。

张汉生在业余时间就钻进公式堆里，他想研究出 1+1 究竟等于几，实现陈景润的遗志。可是几个月下来，始终没有研究出一个名堂来。唉，俺不是当数学家的料！张汉生决定选择新目标，那就当作家吧。当年作家刘绍棠不就提倡"一本书主义"吗？只要写成一部长篇小说，发表了，你就一炮打响、名扬天下了。说不定被诺贝尔文学奖评审委员会看上了，还能得个诺贝尔文学奖。奖金是多少？他赶紧查 Google。我的妈呀，1000 万瑞典克朗，约 140 万美金。这么多钱怎么花得完？到时候我就可以大手一挥：别了，动物园！"我轻轻地走，正如我轻轻地来，我挥一挥衣袖，不带走一片云彩。"

他好不容易才写成一篇小小说，投给一家文学月刊，可几个月过去了，人家连信都不回。小小说不如短篇小说，短篇小说不如中篇，中篇不如长篇，这一级一级地爬，我要熬到猴年马月？张汉生又改变方向了，他要当个流行歌手，不要笔，不要纸，只要一副歌喉就行了。想当年，尹相杰不过是个厨师，说不定还是集体所有制的，比不上俺全民的。可他只是唱了一曲《纤夫的爱》，就一夜之间红遍全国，大街小巷全是"纤绳荡悠悠"，连幼儿园里的孩子也会唱"妹妹你坐船头"。我不是也在学校里参加过合唱团吗，唱歌有啥大不了的，嘴巴张开就行了。

张汉生苦练了几个月的卡拉 OK，可是参加全国好男儿海选，大浪淘沙，第一轮就被刷上海滩了。这些评委有眼无珠，我张汉生哪一点比不上他们？

这天，张汉生刚给狮子"老东西"喂了牛肉，忽然听到有人在说："你这个笨蛋！"张汉生四处看了看，没有人啊，是谁在说话？也许是我昨晚睡迟了，产生幻觉了吧？他正想走开，又听到有人说："张汉生，你这蠢货！"这回是千真万确了，还指名道姓呢。张汉生火了："谁在骂我，快出来，你藏在哪里？"

"远在天边，近在眼前。"声音是从铁栅栏里传出来的。张汉生惊愕得合不拢嘴："老东西，是你在说人话？"狮子说："说人话又怎么样？想当年我连人都吃掉了好几个，说几句人话算得了什么？"张汉生也不示弱，说："可你竟敢骂我，反了你！"

狮子说："骂你又怎么样，像你这样不成材的家伙，要是在当年我还懒得吃你呢。"

张汉生说："老东西，你厉害什么？你厉害怎么会被关在铁栅栏里？"

狮子说："和人类相比，我是无能为力，但要是和你单挑，你就比我差远了。"

张汉生也火了："什么，你敢瞧不起我？你懂数理化？

你读过文史地？你会电脑？你翘什么尾巴？"

狮子说："书读得多算不了什么，就看你会不会活学活用。我骂你笨，骂你蠢，是有道理的。"

张汉生说："那你说说，什么道理？"

狮子说："我们狮子界有句口头禅：不追不疲倦的羚羊。"

张汉生问："这话是什么意思？"

狮子说："我们狮子在非洲草原上生存，一年不知要吃掉多少羚羊。羚羊又不是二百五，它们干吗要送入狮子口？所以我们每天都得同它们斗智斗勇。要追到羚羊，就得先根据自己的体力、速度选定一个目标，用你们人的话说，就是'柿子捡软的吃'。那些未成年的、年老体弱的、伤残的、落单的，都是首选的目标。目标选定了，我们绝对不会中途更改。追羚羊时，它跑得快，我就得比它更快。那个速度啊，比刘翔快多了。我在追一只羚羊时，其他的羚羊有时在一旁观望，但我绝对不会抛下被追的羚羊去追新的猎物，你知道为什么吗？因为它们还不疲倦。追羚羊时，我累，它更累；我快要倒下时，它更是早就撑不住了。这就看谁能坚持到最后。只要坚持不懈地追赶，我总能逮住那只跑得筋疲力尽的羚羊。你啊，用你们人的话来说，就是'十个指头按跳蚤，一个也按不着'。你说，我的话有没有道理？"

这时，张汉生的脸早已红得像猴子的屁股，心中说道：想不到这个"老东西"倒还能说出几句像样的人话来。

虚拟丈夫被杀之后

这是发生在日本的一个真实的故事。

六川一郎是住在北海道的一位三十三岁的普通办公室职员，平日就喜欢玩网络游戏。这天，他打开电脑，突然发现自己的密码被盗了，这使他大惊失色，之后他又发现在"MapleStory"虚拟社区中自己的角色中山雅史居然被人给毒死了。六川一郎感到事态严重，立即报了警，请求警方予以协助调查。

接受报警的警察左津卫也是个电脑迷，说："哦，幸好是虚拟的你被杀了，如果是你本人被杀害，我们可就要忙得四脚朝天了。你有没有什么线索呢？为什么会有人要杀虚拟的你？"六川一郎说："这种事只有工藤静香才干得出来。"左津卫说："等等，等等，你说慢点，谁是工藤静香？"六川一郎说出了事情的来龙去脉。

六川一郎在"MapleStory"虚拟社区中自己的形象代表

名叫中山雅史，那是个一表人才、文质彬彬的白马王子，得到了许多虚拟女子的追求。后来，他与一位名叫小甜春子的虚拟女子在网上结识，俩人谈情说爱，一同玩游戏，一块儿置办车房家具，倒也情投意合。后来，俩人协议结婚了。可婚后的日子过得并不美满，吵吵闹闹，中山雅史便提出来要与小甜春子离婚，小甜春子死活不肯，这事便一直拖着。想不到小甜春子的主人工藤静香竟然这么狠心，把虚拟的我给杀了。左津卫说："这只是你的猜测，不能肯定就是工藤静香干的。"六川一郎说："除了她没有人会做出这种缺德的事。"左津卫说："如果确实是工藤静香非法侵袭你的电脑进行黑客活动，她在警方起诉后，有可能被法院认定实施了犯罪行为，将被判处最高五年的监禁，以及十几万日元的罚款。这事可是非同小可，告不告她，你可得想清楚了。"六川一郎说："既然她无情，就莫怪我无义了，告，我告定了。"

左津卫根据电脑 IP 地址锁定了这名四十三岁的女子工藤静香，展开了调查。

几天后，一位青年人来找六川一郎。青年人自我介绍道："我叫渡边和舟，是工藤静香的弟弟。不好意思，为了姐姐的事冒昧来打搅您了。"六川一郎说："有什么事你就直说吧。工藤静香所干的事我已经报警了，警察左津卫正在侦办此案，你可以向他询问。"渡边和舟说："不，你别误会了，我是来寻求和解方案的。"六川一郎说："和解？你说得太轻巧了，把人给杀了，才来寻求和解？"渡边和舟说："我姐姐的确是做了错事，是犯了罪，可他毕竟只是杀死了虚拟的你，事情应当还有挽回的余地的。"六川一郎火了："挽回？怎么挽回？人死了还能复活吗？"渡边和舟说："她不是把虚拟的你毒死了吗，是不是可以用起死回生的药再使中山雅史活过来？"六川一郎听了来了兴趣，问："这能行吗？"渡边和舟说："真实的世界办不到，虚拟的世界有什么不行？"六川一郎问："中山雅史活过来后，该怎么办？难道还继续和小甜春子在一起过日子？"渡边和舟说："你可以让中山雅史和小甜春子一起过日子，你再造一个新的虚拟的你，名字叫啥随你的便。"六川一郎说："我如果不愿意呢？"渡边和舟说："当然，你可以拒绝，不过后果你就要慎重考虑了。我姐姐如果被判刑五年，五年后，她出狱了，她会放过你吗？她可不是虚拟的小甜春子，她是真人工藤静香。"原本就胆小怕事的六川一郎一听，不由得后背发凉。

渡边和舟又接着说："我们一家人会放过你吗？你可是把我姐姐的一生都给毁了。你这辈子还能过上安宁的日子吗？"六川一郎说："你可别威胁我，是你姐姐犯了罪，我又没犯罪。"渡边和舟说："不错，我姐姐是犯了罪，我们认了，我们可以向你道歉，可以赔偿你的精神损失和物质损失，只要你不起诉。"

六川一郎终于想明白了，他决定撤销报案。中山雅史又活过来了，他与小甜春子半死不活地过着日子。六川一郎又塑造了一位新的虚拟的自己：西泽明人。从今以后，西泽明人要当个聪明的人，在网上谈恋爱时千万千万要小心再小心，谨慎再谨慎了。网恋可不是开玩笑的事！

谁的谱最大

中国人大多喜欢摆谱，摆谱就是摆门面、摆架子，指望一下子就能将对方镇住，达到"不战而屈人之兵"的奇效，尤其是古人，更喜欢炫耀祖上的荣华富贵、高官厚禄。即使没有谱可摆的人，也会挖空心思找出可摆之谱，比如阿Q就常对人说："我们先前——比你们阔多啦！"有一回，阿Q与本地财主攀本家，炫耀自己比他儿子赵秀才还长三辈时，竟被赵太爷狠狠地扇了一嘴巴，骂道："你也配姓赵？"连姓什么都不配也敢跟人家摆谱，这真是够可怜的。

贞观年间的一天，唐太宗在大明宫设宴，参加宴会的只有长孙无忌、房玄龄、萧瑀三人。唐太宗突然发现，这三位大臣都有一个共同的特点，于是他说："你们都是朕的亲家，这真是太难得了。因而今天的便宴也是亲家宴，咱们君臣之间就不用讲究那么多烦琐的礼仪了。"此话一出，酒席上的气氛顿时活跃起来。喝酒之前，唐太宗又说："朕有个提议，在座的哪个人认为自己最为尊贵的，可以首先喝这杯酒。当然，为了让诸位畅所欲言，这个评比不包括朕本人在内。"这话也对，唐太宗是皇帝，在座的人有几个脑袋，敢说自己比皇帝还尊贵，那还要不要命了？

听了唐太宗的话，长孙无忌和房玄龄你望我我望你，心里盘算着该由谁先喝这杯酒。可没想到萧瑀连看都不看，伸手就抓酒杯。唐太宗赶忙阻止道："萧爱卿，鹿死谁手，还未定局，你怎能抢先喝酒，总得有个说法吧？"

萧瑀不慌不忙地说："这事不是秃子头上的虱子——明摆的吗？臣是梁朝天子儿，隋朝皇后弟，尚书左仆射，天子亲家翁。这杯酒臣不喝谁敢喝？"

萧瑀的父亲是后梁孝明皇帝萧岿，姐姐是隋炀帝的皇后萧氏，他本人是凌烟阁二十四功臣之一，当时在朝廷的官职是尚书左仆射，仆射这个职务在唐初就是相当于宰相。他的儿子娶的是唐太宗的女儿襄城公主，所以是天子的亲家。就连唐高祖李渊都亲切地叫他"萧郎"。

长孙无忌接着说："臣的妹妹是陛下的皇后，臣的儿子娶了陛下的女儿长乐公主，这两点与萧瑀相比是伯仲之间。臣本人是宰相，也与萧瑀地位相当，可臣的父亲从未当过天子，臣自愧不如。"

房玄龄也说："臣的儿子房遗爱娶的是陛下的女儿高阳公主，是天子亲家翁，臣是当朝宰相，可就这两个方面与萧瑀旗鼓相当。臣连长孙无忌都不如，就更不敢与萧瑀比了。"

唐太宗听了哈哈大笑，说："好，萧瑀是该喝第一杯酒。今日难得君臣聚，诸位开怀畅饮，一醉方休，一醉方休。"

萧瑀摆的谱是够大的，但是如果同李隆基当年摆的谱相比，那就是小巫见大巫了。

话说在韦皇后当政时，李隆基虽然被封了个临淄郡王，但那只是个空壳，实际上让他当的是小小的卫尉少卿、潞州别驾。

李隆基有一次告假回京，当时的政治情况很危急，大有山雨欲来风满楼之势，所以李隆基韬光养晦，装出一副穷酸落魄的模样。

那天，正是暮春时节，长安的一些富豪子弟结伴游昆明湖，在湖边盛设酒馔，一边赏景一边狂饮，一派逍遥自在。李隆基走到他们中间，很唐突地坐了下来，二话不说端起酒杯就喝。那些富家子弟很不高兴有不速之客来干扰他们的雅兴，可又不知道来者有什么来头，不敢贸然得罪。

这时，座中有个机灵鬼想出了个主意，他提议："诸位，我们不能喝闷酒，总得每个人自报家门，说一说自家的门第族望官品，好让大家见识见识。咱们就行个酒令，酒杯轮到谁，谁就说，如何？"众少年人人心里有数，自然是齐声叫好。李隆基坐在一旁，不动声色。等到酒杯轮到李隆基手上时，大家都想看李隆基的笑话。只见李隆基朗声说道："我的祖太爷是高祖、太爷爷是太宗、祖父是高宗、祖母是武周皇帝、伯父是中宗、父亲是相王，我乃临淄郡王是也！"此话音刚落，众人都大惊失色。我的妈呀！就是一百年也遇不上如此之大的谱。大家仓皇逃跑，连衣服车马都顾不得了，保命要紧。临淄王怡然自得，独自连饮三杯，大嚼一通，然后骑着马，架着鹰，悠然自得地起驾回宫了。

错误的可贵

一位年轻人向上帝祈求:"主啊,我渴望成为一名优秀的人物,但我又不想让人生染上犯错的污点,您能满足我的这一愿望吗?"

上帝没有正面回答,而是问他:"你应当知道亚当和夏娃吧?"

年轻人说:"他们是人类的始祖,我怎么会不知道他们呢?"

上帝说:"亚当和夏娃偷吃了伊甸园的禁果被我赶出了天堂。正因为他们犯下了这个大错,才有使他们成为人类始祖的机会,成为世间万物的主宰。其实就连我有时也会有失误的。"

年轻人惊叫起来:"不,不,您是万能的,您从来都不会有失误的。"上帝笑了:"不会有失误的上帝是不存在的。我让蛇生活在伊甸园里就是一大失误。如果天堂里没有蛇,亚当和夏娃自然也就不会受到蛇的诱惑而偷吃禁果了。"

年轻人低下头陷入了沉思。

上帝接着说:"小伙子,没经历过大错误,而且不止是一次,往往是许多次,你是无法成为一个优秀的人物的。人世间最宝贵的六个字就是:我承认犯错误。千万要记住!"

当年轻人抬起头时,上帝已经消失了。

年轻人勇敢地背起行囊,踏上了征程,他不再惧怕犯错误了。他知道,在一千个错误后,自己将建立一万个丰功伟绩。

聪明的小保姆

一位农村姑娘来到城里打工，职业介绍所将她引荐给一位女主人。

女主人对新来的小保姆说："记住，到我这儿来做事很简单，只要记住四个字就行了。"小保姆好奇地问："哪四个字？"女主人说："听话，老实。"小保姆便问："如果您让我告诉客人您不在家，而事实上并不是这样，那我该怎么办？是要老实呢，还是要听话？"女主人愣住了，想了想说："首先是要听话，三大纪律八项注意的第一条就是：一切行动听指挥。你不听我的话，我还要你来干吗？"小保姆说："我看第一要老实。如果你请了一个保姆，虽然很听话，可是不老实，你把整个家交给她，你会放心吗？"女主人说："也是，老实当然很重要，总之你是既要老实又要听话。"

小保姆想起她曾经读过的一部苏联长篇小说《叶尔绍夫兄弟》，书中有个情节给她留下了深刻的印象：有个国王，既是独眼又是瘸腿，他让画家为他画像。第一个画家将他画英俊威武的美男子，国王骂道：马屁精！将画家斩首示众。第二个画家实事求是地替国王画了像，国王照样要砍他的头。国王对他说：我为什么砍你的脑袋，你自己到地狱去思考吧！第三个画家接受了前车之鉴，将国王画成打猎的模样，他骑在马上，闭上一只眼睛正在弯弓射箭。国王大喜，重赏了这位聪明的画家。小保姆做出了决定：遇上两难的问题，只有用智慧的方式进行解决。

有一天，女主人对小保姆说："今天我在家里，不论是谁打来的电话，只要不是我先生打来的，你都告诉对方我不在家。"

不一会儿，电话响了，是找女主人的。小保姆问对方："您是我家女主人的朋友吗？"对方说："我们是好得可以同穿一条裤子的亲姐妹。"

小保姆说："那您一定有我家女主人的手机号码了？"对方说："当然，可是她关机了。"

小保姆说："您可以留言啊。"对方说："我留了，但她没有回话。"

小保姆说："那就是说她一时还抽不身来回话，你就耐心等一等吧。"对方说："我有急事，你就告诉我一句话，她到底在不在家？"

小保姆说："我家女主人的去向属于她的隐私，我一个小保姆也不好随便向人说啊。"对方说:"你真可以到外交部去当新闻发言人了。"

小保姆说:"可惜当年高考差了几十分,不然我就可以去北京外国语学院了。"对方说:"真是拿你这个小保姆一点办法也没有,说起话来像阿庆嫂,滴水不漏。"

小保姆说:"我要是阿庆嫂就留在老家开春来茶馆了,不会进城当小保姆。"

仓颉字婚姻事务所

    自从仓颉创造了汉字以后，在方块字的王国里大大小小的字纠纷、官司就从未断过，真是剪不断，理还乱。这不，为了处理字的婚姻纠纷，仓颉只好办起了字婚姻事务所。

    这天，"天"字和"真"字来到了字婚姻事务所。仓颉见到他俩便问道："好些日子不见了，小两口日子过得可好？"天字说："别提了，她三天两头吵着要和我离婚，日子都过不下去了。"仓颉说："这是怎么回事，你们一向不是恩爱夫妻吗？"真字说："责任全在他，我从来对他都是一片真心的，可没良心的他却变心了，居然有了外遇。"仓颉说："这话可不敢乱说，别的字我不敢打包票，但天字我还是了解的，他绝对不是到处留情的字。"真字说："起初听到传闻我也不信，后来我抓到了真凭实据，也不得不信了。"仓颉说："还有真凭实据？你不会是张冠李戴了吧？"真字说："白纸黑字，斧头砍不掉。你看，这是一个小学生的造句：蓝天真好。他和'蓝'字有了婚外恋不算，害得我与好字也扯不清关系，跳到黄河都洗不清了。"仓颉笑了："误会，完全是误会。你们俩虽说都是独立的字，但不能天真地以为你们与其他的字就老死不相往来了，组合的机会还是存在的。"真字说："我和天字既然结为夫妻，就要形影不离地在一起，像琵和琶、蜻和蜓一样永远不分离。"

仓颉说："那好，我就将你们改名换姓吧，从此以后，你们就改成了踌字和躇字，谁失去了对方就等于失去了灵魂。"

踌字和躇字开始了新的生活，他们如胶似漆，卿卿我我，恩恩爱爱地生活在一起。可是日子久了他们发现，怎么周围连个亲朋好友都没有了，谁都与他们不来往了，难道他们都不食人间烟火了？一天，躇字遇上了"好"字，她问道："好字兄弟，你怎么不到我们家做客了？"好字说："你瞧你那踌躇满志的神态，一副拒人于千里的模样，我还敢登门吗？"躇字说："怎么会呢？你一定是误会了。"好字说："你不妨翻开《新华字典》吧，看看你们的解释。"躇字回家后，赶紧翻开《新华字典》，不由得大吃一惊，除了可以解释为"犹豫"和"自得"外，踌和躇居然不能与任何字组合，难怪成了形影相吊、茕茕孑立的孤家寡人了。

踌字和躇字又来找仓颉了，躇字说："仓颉大师，我们不愿再踌躇下去了，我们要过上既能品尝家庭温情，又能领会人间真情的日子。我们既要有真爱的小天地，也要有自由的大空间。"

仓颉说："那好，我就让你们改名换姓为爱字和情字吧！爱情是甜蜜的，但她并不是'躲进小楼成一统，管他春夏与秋冬'。除了'爱情'的结合，爱可以有爱好、爱宠、爱怜、爱惜、爱抚、爱国、爱家……情可以有友情、亲情、柔情、性情、痴情、风情、乡情、传情……"

此时此刻，爱和情终于明白了这才是他们想过的神仙眷属般的日子。

临时人

郑临时是在火车上出生的。

那年春节前夕，母亲坚持要回老家过年，父亲胳膊扭不过大腿，只好同意了。母亲腆着大肚子挤上火车，想不到半路上阵痛难忍，杀猪似的号叫，父亲也乱了分寸，不知如何是好。多亏列车长当机立断用广播招来临时的妇产科医生，列车医务室就成了临时产房。谢天谢地，孩子顺产。父亲高兴地给儿子起名为郑临时。

想不到郑临时也就一辈子打上了"临时"的烙印。他上学时什么功课都不用功，马马虎虎，应付了事。郑临时心想：小学几年、中学几年，不过是临时待在学校罢了，学的那些玩意儿也不知猴年马月才用得上。加减乘除和三千汉字倒是必须学的，其他就扯淡了。什么英语 ABC，我又不同洋人打交道；什么平面几何，我又当不了阿基米德，学了也是白学。

高中毕业后没考上大学，他也不发愁，心想何必再上大学混那几年。于是，他进工厂当了一名临时工，后来虽然转为正式工，他倒是若有所失。临时工挺好的嘛，爱干就干，不爱干拍屁股走人，何必当正式工被捆绑在某个单位一辈子。

郑临时谈了个对象，他也没有多大的喜悦。郑临时说："古人曰，夫妻本是同林鸟，大难临头各自飞。老婆也不过是和我临时相处个几年、十多年或几十年，哪一年闹离婚或是走人，谁也说不准。"当然，这话他不敢跟老婆明说，只是在心里嘀咕而已。

有了女儿，郑临时更是一副无所谓的模样。女儿迟早是别人的媳妇，嫁出去的女儿泼出去的水，一生下来就注定是临时货。在这个家里不过是临时生活二十来年罢了。

郑临时也买了房子。买时老婆是挑了又挑，问了又问，可郑临时却漠然置之。郑临时笑道："何必那么上心，不过是临时住个几十年，生不带来死不带去。"老婆也火了："那你干吗买房？你就去搭茅屋住得了。"郑临时说："你这个建议倒不错。当年诗圣杜甫就是住茅屋的，屋顶被秋风刮走了，他还乐得唱歌哩。我都想向建设部建议，不要盖什么高楼大厦，光盖临时性的简易房就行了，地震发生时也能减少伤亡，还能替国家节省大量资金。"

当然，郑临时的临时高论也并非一无是处。他生病时就坚决不看医生，不吃药，更不用说上医院了。他说："有什么病，按中医的观点，不过是体内一时阴阳失调，临时闹点小矛盾，既来之，则安之，自己会好的。"说来也怪，他的病确实都是自动痊愈了。

郑临时还自编了一首《临时歌》，不时自唱自乐。歌词是：临时好，临时好，临时好处真不少。凡事临时抱佛脚，屎急才把茅坑找。你打拼，你赶早，我不追，我不跑，悠闲自在活到老。

郑临时寿终正寝了。他来到一个地方，只见有块牌子写着密密麻麻的字，告诉人该如何去天堂。郑临时心想，车到山前必有路，船到桥头自然直，事到临头自有办法，何必费心思读这些文字？他连看都不看就径自朝前走。又到了一处地方，出现了岔路，左边有个路标，右边也有个路标。该往哪儿走呢？郑临时心想：不是常说男左女右嘛，俺是男人，就凭感觉走，朝左。

郑临时居然走到了地狱的门口。撒旦问他："郑临时啊，想不到你也会到地狱来，要待多久？是临时还是永久？"郑临时慌忙说："我只想临时待一会儿，就待半天吧。"撒旦说："行，地狱的一天就是人间的一千年。"郑临时一听，当场瘫倒在地。

性急的准丈母娘

　　一位年轻人第一次去见准丈母娘。初次见面，准丈母娘的一番考核是免不了的。准丈母娘问他："年轻人，你在公司里担任什么职务？"年轻人是个慢性子，他缓缓说道："我是总经理的……"偏偏准丈母娘又是个急性子，她没等年轻人把话说完，立即抢着说："太好了，你年纪轻轻的，就成了总经理身边的人，不管是亲信红人还是接班人，都行，总之是大有前途的。"准丈母娘又问："你的月工资是几位数？"年轻人说："我进公司才两年，月工资五位数……"准丈母娘惊叫道："一个月能收入万元以上，真不简单。"准丈母娘再问："你家住在哪个小区？"年轻人说："我家就在世纪花园……"准丈母娘说："好极了，那可是富人区，身家没有百万的人根本进不去。"准丈母娘最后问："你的私家车是哪个国家出产的？"年轻人说："我买了德国产的……"准丈母娘说："不错，不错，德国货质量过硬，不论是宝马还是奔驰都可以，不会掉价。"

　　准丈母娘对年轻人很满意，当即同意了女儿的婚事。谁知女儿结婚后，丈母娘才发现不是那么回事。丈母娘气呼呼地质问女婿："你当初为什么骗我？"女婿说："我没有骗你，是你自己会错了意。"丈母娘说："你说你是总经理的……"女婿说："是啊，我是总经理的下属。"丈母娘哭笑不得，又问："那你的月工资五位数是怎么回事？"女婿说："我说，我进公司才两年，月工资五位数是不可能的。"丈母娘气炸了，再问："你家住在世纪花园可是你亲口说的。"女婿说："我家确实是在世纪花园的附近。"丈母娘一听，都快气疯了，问道："我听得清清楚楚，你说你的私家车是德国产的？"女婿说："不错，可那不是轿车，是自行车。"

　　丈母娘都快崩溃了，怪只怪自己太性急了，全都会错了意。

木偶的新生

一个木偶在大树下偷偷地哭泣，正巧，匹诺曹路过那儿，他关切地询问木偶："小兄弟，你为什么哭得这么伤心呢？"

木偶说："我是个木偶，你别看我在舞台上活灵活现地表演，神气极了，其实，我只是个任人摆布的没有灵魂的木偶，操纵者就凭着几根绳牵着我，一切由他们说了算。我真是太痛苦了。"

匹诺曹说："只要有决心，你也可以像我一样，成为一个活的木偶。"

木偶问："我如何才能像你一样呢？"

匹诺曹说："你得要有一颗心。"

木偶说："太好了，我就想要有一颗心，一颗会跳动的心。你能告诉我，你也是木偶，为什么你会有一颗心呢？"

匹诺曹说："我的心是我父亲、木匠安东尼奥给我安上的。大伙儿都管他叫樱桃师傅。"

木偶说:"那就请你父亲也给我安上一颗心吧!"

匹诺曹说:"很不幸,我的父亲已经去世了。"

木偶悲叹道:"这么说,我是没希望了。"

匹诺曹说:"别灰心,办法总是会有的,我带你去寻找一颗心。"

于是,木偶跟着匹诺曹出发了。

他们遇到一位少年,匹诺曹问他:"小兄弟,我们在寻找一颗心,想让这位木偶获得新生,你能帮助我们吗?"

少年说:"我是很想帮助你们,可我自己只有一颗心,如果给了你们,我就会死去的。"

木偶慌忙说:"那不行,我怎能夺走你的心。我活了,你却死去,这样的事打死我也不干。"

匹诺曹和木偶继续往前走。他们遇到一位忧伤的少女,匹诺曹问她:"小姐姐,我们在寻找一颗心,想让这位木偶获得新生,你能帮助我们吗?"

少女说:"我是很想帮助你们,可我的男朋友把我抛弃了,我的心都碎了,我怎能把破碎的心给你呢?"

匹诺曹和木偶说:"对不起,我们惹你伤心了。愿你早日找到真爱,缝合你那颗破碎的心。"

匹诺曹和木偶又继续往前走。突然,他们发现有两个小孩在大街上被汽车撞了,肇事的车子已经逃之夭夭。匹诺曹和木偶立即背起受伤的小孩，一起赶往医院。

　　经过几天几夜的急救，虽然老大终于脱离了危险，但老二却因脑部出血过多还是不治身亡了。两个孩子的母亲将老二的心脏捐给了木偶，木偶安上了心脏，终于获得了新生。

　　如今的木偶，很喜欢聆听他那颗嘀嗒嘀嗒跳动的心，就像一个走着的挂钟，他觉得那真是天下最美妙的乐章。

冒名顶替的恶果

亨利和汤姆是一对要好的朋友。有一年冬天，他们一起到外地滑雪，半路上遇到了暴风雨，他们不得不到邻近的农舍要求住宿。

一位年轻貌美的妇人对他们说："我很同情你们，可是我的先生刚刚去世，家里就只有我一个人，我怎么好留你们两个男人住宿，邻居们会说闲话的。"亨利和汤姆说："那你就让我们在你的马棚里过一夜吧，我们实在是无处可去了。"妇人只好同意了。

第二天，风雨停了。亨利和汤姆告别了妇人，前往他们原定的目的地。

十个月后，汤姆忽然收到寡妇律师的一封来信，这使他百思不得其解，他左思右想，终于找到了答案：这一定是亨利干的好事。

汤姆问亨利："你记得十个月前的那个夜晚吗？我们在

一家农舍住宿。"

亨利警惕地问:"你怎么突然想起这件事,我早就把它忘了。"

汤姆继续说:"那天夜里,你是不是偷偷起来,上寡妇家寻花问柳了?"

亨利说:"你胡说什么,我是绝对清白的。"

汤姆说:"这事与我无关,我本可以不闻不问,可是你自己干的风流事,居然假借我的名字,将赃栽到我头上。"

亨利断然否认:"没有那回事,你不要瞎编了。"

汤姆突然哈哈大笑,说:"既然你说没有那回事,那就再好不过了。实话告诉你吧,那寡妇因难产死了,她临终前将一大笔财产委托律师交给我继承。这么说,此事与你毫无关系了?"

亨利万万想不到事情会是这样的结局,他后悔得肠子都青了。

当天,亨利就去找他的律师,签署了一份法律文件,明确承认当晚他确实与寡妇发生了关系,寡妇因难产死去,胎儿有他的 DNA,他才是寡妇财产唯一合法的继承人。亨利拿着这份文件对汤姆说:"怎么样,想霸占我的财产?没门!"

汤姆说:"这份文件的复印件能给我一份吗?"亨利说:"当然可以,我还要广为散发,让大家知道我已经是个富翁了。"

汤姆说："我也要告诉你，寡妇因为难产，临终前恨透了你，她向律师控诉你当晚强奸了她，要求追究你的法律责任。可是你假借了我的名字，所以律师才找到我的头上，我害怕空口无凭，你会拒不承认你干过的事，才用继承财产的谎言套出你说出了真相。现在好了，有你的这份文件洗刷泼到我身上的污水，我已是一身清白了。你去向寡妇的律师解释吧！"

人如其味

　　刘宏云是出了名的"钻石王老五"，都已年近不惑了，对象依然是八字没有一撇。人的钱一多了，麻烦事就特多。

　　当今的世界，百万富翁单身已成了普遍的趋势。百万富翁们可谓是谈"婚"色变，一旦离婚，财产纠纷很可能就会使百万富翁努力赚来的"血汗钱"付诸东流。难怪有的富翁说，结婚就跟攀登珠峰一样，是一桩无比冒险的行动。有的富翁说得更绝，干脆建议文字改革委员会将"婚"字改成"男"字旁。"钻石王老五"们昏头昏脑了才会去结婚，如果离婚，很可能一半财产都会被闹离婚的女人刮走，就是遇上土匪强盗也不会损失那么惨重的。

　　虽说"男大当婚，女大当嫁"，但刘宏云并没有这样的紧迫感。他的身边不乏追求他的女伴，无论能不能戴上结婚戒指，她们总是像蜜蜂绕着鲜花一样伴随在他的身旁。可是从长远看，不结婚也不是个事儿，偌大的产业总不能后继无人啊！

　　某日，报上一则产品广告闯入了刘宏云的眼中。这个产品的名字很有意思：闻味识伴器。据介绍，这种高科技的产品能帮人精确地找到情投意合的对象。刘宏云立即驱车来到该产品所属的科海开发公司。

　　公司王经理听说刘宏云到了，马上放下手头的工作亲自接待。王经理对刘宏云说："你找到我们可就一百个放心了。我们知道，自然界的动物就是靠身上产生的强烈的气体，学术上称为信息素来寻找最佳对象的。如黑尾雄鹿在交尾期间排出激起雌鹿性欲的分泌物，靠着这些分泌物居然可以在百公里以外找寻到自己的'情人'。公绵羊能够嗅到母绵羊身上所散发出的最细微的气味变化，并以此来确定它们的交配程度。"

　　刘宏云不解地问："你说的是动物，可我是人啊，人和动物怎能相提并论？"

　　王经理笑了，说："这就叫作隔行如隔山，你是搞房地产的，生物学不是你的专长。我们人类也和动物一样，也是闻味识伴侣的！人的气味与指纹一样，也是独一无二的。'气味纹'的概念，是三十多年前由美国著名的生物学家勒维瑟·托马斯首先提出来的。

　　"他认为，人的身体气味携带一种免疫蛋白的识别标志，就像人的脸和指纹一样，天下没有两个是完全相同的。

每个人都有自己独特的气味，它是与生俱来的，并且一生都不会改变。这是构成人体气味的主旋律，是由人种、基因、生活习惯、饮食习惯以及气候环境等多种因素决定的。一句话，人如其味，味如其人，人的性格就是由其身上的气味来决定的。《易经·乾》上说：'同声相应，同气相求。''同气相求'是我们一生健康的最重要的原则，根据这一原理，我们寻求适合自己的食物、药物、运动方式、生活方式。同样的道理，我们也可以找到最合适的对象。"

王经理这么一说，刘宏云听得如痴如醉：实在是太有道理了。

刘宏云说："你说得是有道理，可这跟'闻味识伴器'又有什么关系？"

王经理说："好，我现在就切入正题。我们研发了'闻味识伴器'，你戴上这个手表模样的玩意儿，你在与对象交谈时，就能准确地知道对方的气味度，如果与你的气味度越接近，那就说明越适合成为你的伴侣。

"比如，你的气味度是100%，她的气味度如果只有60%以下，就是不及格，80%则属于良，90%以上是优，95%是优异，不可能有100%的人，因为你的气味度是独一无二的。"

刘宏云兴高采烈地买下了"闻味识伴器"，觉得自己可以采用最科学的方式找到称心如意的爱人了。

刘宏云开始相亲了。电视台、报纸、杂志、网络到处是刘宏云的相亲广告。广告的内容只有八个字：同声相应，同气相求。前来相亲的女子与刘宏云交谈几句后，他用眼角扫视"闻味识伴器"，达不到气味度95%的，一律淘汰，哪怕你貌若天仙或是才高八斗也毫不迟疑。半个月过去了，刘宏云没找到一个合适的对象。刘宏云慨叹道：想不到"同气相求"会是这么难！

这天，有位名叫张芳菲的女子前来相亲，刘宏云一看"闻味识伴器"，大喜过望——气味度高达98%。难得啊，太难得了，更可贵的是此人姿色过人，又是心理学硕士，没说的了，俺要的就是你！刘宏云与张芳菲闪电式地结婚了。

可是蜜月期过后，刘宏云发现并不是那么回事，他与张芳菲的性格根本就合不来，你想朝东，她偏要往西，每天都要闹别扭，闹矛盾，日子简直就过不下去了，又怎能白头偕老？

什么狗屁"同气相求"，简直是骗人的鬼把戏！刘宏云找王经理兴师问罪了。王经理听完刘宏云的诉苦，也感到十分纳闷，怎么可能呢？王经理分析了好一会儿才惊叫起来："糟了，准是被科峰开发公司搅局了。"刘宏云问："我的婚事怎么会扯到什么科峰开发公司呢？"王经理说："他们不久前开发出一种新型香水，能与任何人的气味极大限度地接近。洒上这种香水后，假气味度可以达到乱真的地步，就连'闻味识伴器'也无法分辨了。"

刘宏云说："你不是说我的气味是独一无二的吗？那个叫张芳菲的女子与我从未谋面，她怎能知道我的气味是什么类型呢？"

王经理说："如今科技发达了，互联网什么东西都能搜索，只要根据你的人种、基因、生活习惯、饮食习惯、性格特征等多种因素的资料就能分析出你的气味型号，然后再根据你的气味类型造出与你气味度接近的香水来。"

刘宏云说："这么说，她是洒上了新型香水才来与我相亲的？"

王经理说："我猜十有八九是这样的。不过，我有一个办法可以测出她的真实气味度，你不妨试试。"

几天后，刘宏云与张芳菲到厦门度假。这天，他们一起到鼓浪屿游泳。张芳菲刚从水中起来后，刘宏云立即看了一眼手上的"闻味识伴器"，天啊，气味度只有30%。刘宏云差点瘫倒在沙滩上，看来得准备与张芳菲打一场离婚官司了，这将是极其艰难的一仗。

高洋测字

　　测字是中国神秘文化中的一个独特分支。所谓测字，就是用加减汉字的笔画、拆合字体结构的方式附会人事，进而推断祸福吉凶的一种文化活动。

　　由于测字属于预测学的范畴，关系到帝王政权或朝代的命运，因而引起了历代帝王的重视。中国历史上对测字感兴趣的皇帝不乏其人，比如汉高祖刘邦、唐太宗、武则天、唐玄宗、唐僖宗、宋高宗、朱元璋、乾隆等人，都留下了与测字有关的趣闻逸事。

　　谈到中国历史上最著名的测字皇帝，人们往往会不由自主地联想到魏武帝曹操。

　　有人曾计算过，从秦朝的千古一帝秦始皇到清朝的末代皇帝溥仪，在长达二千一百多年的封建社会历史中，传统史籍中认可的、有生卒年月可考的皇帝有二百一十二位。你知道在这其中谁是最著名的测字皇帝吗？也许你会说是魏武帝曹操。其实，曹操严格地说不算皇帝，他是在死后才被其儿子曹丕追封为帝的。

姑且就算曹操是个皇帝吧，但他也只是个测字高手而已。不错，有关曹操测字的故事实在流传太广了。故事之一：曹操曾送给众人一盒酥，盒盖上写了三个字：一合酥。大家不解其意，曹操的主簿杨修见了，说，"魏王叫大家'一人一口酥'，吃，别客气。"

故事之二：曹操当宰相时，有一天，他亲自去看相府的施工情况，看后在大门上写了个"活"字，工头百思不得其解。杨修时任相府秘书，工头来问他，杨修说："这还不简单，宰相是嫌门太大了，门里加活，那不是阔吗？赶快改小一点。"

如果说曹操称得上测字四段的话，那么他比起测字九段的高洋来说那就是小巫见大巫了。

北齐文宣帝高洋在中国历代皇帝中并没多大名气，但他却是个名副其实的测字皇帝，其测字的技巧确实达到了出神入化、令人难以置信的程度。

公元550年，高洋废东魏，建立了北齐。开国皇帝高洋当然要给自己创建的王朝起个大吉大利的新国号，他让大臣们议一议。有人提议名叫"天保"，让老天爷保佑北齐万年万年万万年吧。众人齐声叫好，高洋却说道："好是好，可这'天保'两字拆开来不就是'一大人只十'吗？你们是笑我在位只有十年啊。"高洋一向喜怒无常,荒淫残暴,平时他就常将煮人的大锅,肢解人的长锯、锉等刑具摆在庭中,喝醉了酒之后就以杀人取乐。左右大臣无故惨遭屠杀的有多人。就连丞相杨愔有一次也差点被他用刀割去上腹的皮。这时众大臣都吓得跪地求饶,谁知高洋却哈哈大笑说,"没事,没事,这是天意,不怪你们。我有十年皇帝做就不错了。"

有意思的是,高洋不但知道自己在位几年,甚至连何年何月何日要寿终正寝也晓得。

有一年,高洋带着皇后李祖娥上泰山,在岱庙的天贶殿向老道问卦。高洋问:"你看我有多少年的天子位可坐?"老道不假思索地说:"三十。"高洋面露喜色地对皇后说:"你看,老道也说我只有十年的时间了。"皇后不解道:"老道不是说三十吗?"高洋解释道:"这三十是指十年十月十日,三个十加起来不就是三十吗?"后来,高洋果然在天保十年(公元559年)十月得了暴病,食不能下咽,饿了三天,就在十日这一天病死了。

更有意思的是,当太子高殷将入学时,高洋特地请国子监博士邢子才替他起个字号。邢子才思索再三,得意地说:"字正道,如何?"谁知高洋一听大叫:"糟了,正字是一止,我儿子恐怕很难继承大统了。"邢子才吓得魂不附体,慌忙恳求重新起字号。高洋喟然长叹:"不用了,这是天意,就是改了也枉然。"

有一次在大殿上，高洋环视众臣，对他的同母弟常山王高演说："阿演仔，我要是现在杀了你，师出无名，反而落个千古骂名。只求你日后手下留情，要篡位就篡位，可不要滥杀无辜啊。"高演一听跪在地上磕头不止，连说："不敢，不敢。"高洋死后，高演位至太师，矫诏杀了他的侄子——年仅十七岁的高殷，以及尚书令杨愔，果然如高洋所料。

话说侯景在梁作乱失败后，将传世玉玺交给侍中赵思贤，让他转交自己的属下。赵思贤见侯景东山再起无望，便将玉玺送给新主子北齐南兖州刺史郭元振作为投靠的见面礼。郭元振又上交顶头上司辛术，几经周转玉玺终于落到了高洋的手中。

一日，高洋问众大臣："你们说说看，为何侯景已经得到了传世玉玺结果还是保不住天子的宝座？"诸臣无言以答。高洋破解道："侯景曾对他的部下说过，'你们要知道我侯姓的人字旁不是作人看，要作人主看。'不错，侯景确实是当上了天子，可他忘了不能光看姓还要同名字'景'连在一起看，'侯景'两字拆开来就是'小人百日天子'。所以他的天子宝座屁股还没坐热就滚下台了。我算了一下，他以辛未年十一月十九日攻破建康，篡位成功，到壬申年三月十九日兵败，总共是一百二十日。而侯景在三月一日便离宫前往姑苏，刚好在宫殿只住了满百日。"

众臣听了无不钦佩高洋的神机妙算。

求婚

口姑娘待字闺中，前来求婚者络绎不绝。

这天，人高马大的刀武士来了，他身上佩着一把大刀。只见他威风凛凛地对口姑娘说："嫁给我吧，你和我在一起就是个'叨'字，不是我爱唠叨，我可是打遍天下无敌手，谁敢惹我，我大刀一挥，咔嚓，叫他脑袋搬家。"口姑娘心想：一时强弱在于力，千古胜负在于理。有理走遍天下，光靠武力的人是不能长久的。口姑娘客客气气地请刀武士喝茶，等他喝完了茶，口姑娘说了一句："送客。"

士文人趾高气扬地来了，他对口姑娘说："不是我王婆卖瓜自卖自夸，晋朝的谢灵运说过：天下才有一石，曹子建独占八斗，我得一斗，天下共分一斗。那是过去的事了，如今是天下才有一石，我独占九斗，还剩下一斗让天下人去分。你要是跟了我，男才女貌，这可是天作之合的'吉'字，大吉大利啊。"口姑娘说："你姓士，你就用'士'作一首诗吧。"

士文人想了大半天，也没念出一句诗来。他只好说："容我回去构思，改日再来。"灰溜溜地走了。

家财万贯的丁财主来了，他对口姑娘说："我有的是钱，我姓丁，你姓口，咱俩在一起就是个'叮'。不用父母叮咛我也晓得要人丁兴旺、多子多福啊。"口姑娘心想：生了儿女如果不将他们培育成人才，多又有什么用，母猪生仔一大窝呢。口姑娘说："朱财主，你喝口茶吧。"丁财主说："我不姓朱，我姓丁。"口姑娘说："对不起，我还以为你姓朱（猪）呢。"丁财主理所当然地被谢绝了。

木商人大摇大摆地来了，他对口姑娘说："我家有的是木头，满山遍野。我父亲名叫林，我爷爷名叫森，你嫁给我虽然是个'呆'，但傻得可爱，吃穿不愁。"口姑娘断然拒绝了。木商人走后，口姑娘还愤愤不平，说道："这样的人居然也敢上门来。"口姑娘的父亲品先生笑道："一家有女百家求，你何必与他一般见识。"

十公子来了，他对口姑娘说："我与你结合，就是个'田'字。有福的人就因为有个'田'字，富贵的人就因为有个'田'字，我们有享不尽的荣华富贵啊。"口姑娘见十公子仪表堂堂，不由得有点心动。她问道："你光说福啊富啊，为何不谈谈人品？"十公子说："人品算得了什么，有了钱，啥买不到？金钱才是万能的。"口姑娘心想：没有好的品行，就是金山银山也会吃穷的。口姑娘没有答应十公子的求婚。

十志士英姿飒爽地来了，口姑娘见到他，便问："你不是刚走吗？怎么又回来了？"十志士说："口姑娘可能是认错人了，我和十公子是孪生兄弟，一般人都分辨不出来。"

　　口姑娘说："原来如此。你是否想告诉我，你与我结合，就是个'田'字。有福的人就因为有个'田'字，富贵的人就因为有个'田'字，我们有享不尽的荣华富贵啊？"

　　十志士说："口姑娘，在我看来，有了'田'字，并不能就此满足了，这只是有了立足之地，有了万里长征的出发点。人生不能在'田'字上故步自封，还应当继续前行。"

　　口姑娘说："你说下去。"

　　十志士说："第二步，应当是磨砺自己，将'田'的腿伸出去，成为'甲'字，也就是使自己成为一个名列前茅的优秀的人才。"

　　口姑娘问："你还有第三步吗？"

　　十志士说："有。第三步，就是将'甲'的双臂施展开来，成为'申'字。在古代'申'就是'神'，精神的神。人是要有点精神的，要将精神完全地释放出来。老子说，'道常无为，而无不为'，指的就是这种境界。武林高手除了武功，还要借助武器。第一流的武林高手不要任何武器，武器不过是手臂的延伸，他那点石成金、化腐朽为神奇的手臂就是战无不胜的武器。"

　　口姑娘最终嫁给了十志士。

打麻将"三缺一"的好处

　　范春歌是市报的一名记者，他之所以会迷上打麻将完全是由毛泽东的一条语录引起的。

　　毛泽东说："中国对世界的三大贡献，第一是中医，第二是曹雪芹的《红楼梦》，第三是麻将牌。"当范春歌看到这条语录时，大吃一惊：不是常说中国有四大国粹吗？京剧、中医、国画、武术，怎么成了三大贡献，而且赌博工具麻将还名列其中。

　　后来，他又读到毛泽东对麻将的另一则评论："不要看轻了麻将……你要是会打麻将，就可以更了解偶然性与必然性的关系。麻将牌里有哲学哩。"这就更不得了，麻将里还有哲学？于是，他买了几本关于麻将入门的书，一学就学出味道来了，果然发现麻将里还真是奥秘无穷。

　　范春歌一向是守时的，这是他当了十多年记者养成的好习惯。

范春歌刚出道时，有一回要采访一位名人，可那位名人死活不肯接受采访，范春歌在电话中好说歹说才说服了他，名人只好答应第二天腾出二十分钟接受采访。谁知第二天范春歌因为某些事延误了，正好迟到了二十分钟。那位名人看到范春歌气喘吁吁地赶到时，却站起身对他说："我整整等了你二十分钟，你可知道我二十分钟能做多少事？对不起，按照约定，我该走了，我不会接受不守时的记者采访。"那次教训对范春歌来说真是太深刻了，从此以后，他对任何事情都特别守时。打麻将也不例外，他从不迟到。

有一天，麻将牌局定好七点开张，可是范春歌与其他两位牌友却苦苦地等候一位从未合作过的搭子。难怪麻将界有句名言："人生最大的遗憾莫过于三缺一。"

一直等到八点，那人才姗姗来迟。那人见大家等了他整整一个小时，感到过意不去，便主动说："对不起，对不起，来迟了，今天的台费算我的，大家尽管点好的吃，我请客。"大家见他一再地赔礼道歉，也不好再指责他。

范春歌问："是不是你家里有急事，要不就改期吧。"那人说："没有，没有，有人要买我的房子，可价格一直没谈妥，我急着要走，他却死缠着我不放。实在是没办法，眼下房子太好出手了，五十万买的房子，七十五万就能轻松出手了。"范春歌一听，大吃一惊，这还了得，涨幅高达50%，比做什么生意都赚钱。言者无意，听者有心，范春歌记住了迟到者的姓名：张亮程。

范春歌毕竟是当记者的，圆滑世故。第一轮，范春歌胡了，而且是难得的"九莲宝灯"，花色序数牌按"1112345678999"组成了特定的牌型。大家都说范春歌今晚手气太好了，范春歌却乖巧地说："托张哥的福，他迟来了却给我带来了财运。今晚的台费还是算我的账吧。"张亮程立即说："那怎么行，桥归桥，路归路，该我付的当然由我来付，怎么能算到你的头上？"话是这么说，张亮程心里还是很舒坦的，这个范小弟够交情！

牌局散场后，范春歌对张亮程说："张哥，我能不能顺路搭你的车回去？"

张亮程："你呀，客气什么，我本来就该送你一程。"

一路上，范春歌向张亮程讨教眼下该如何买房，张亮程当然乐意指点他。于是，范春歌向父母借了点钱，又用信用卡透支，在市中心买了两套房。按张亮程的话说，这就是"任凭风浪起，稳坐钓鱼台"了，房子正一路看涨，有好价钱就出手，还不想卖，你就出租，收租金，反正是左右逢源，包赚不赔。

范春歌尝到了麻将"三缺一"的甜头，对张亮程就更是刮目相看了。

又过了几个月，张亮程再次误点了，他一再声明：实在抱歉，接待动迁组，人在江湖，身不由己啊！范春歌问："啥叫动迁组？"其他牌友立即说："打牌皇帝大，不谈公事，不谈公事。"范春歌只好闭口，麻将桌上不谈公事毕竟是每个牌友应当自觉遵守的游戏规则。那场牌局，范春歌一直想着"动迁组"，醉翁之意不在酒，结果输得一塌糊涂。

散场后，范春歌又与张亮程同坐一辆车，得以问到究竟。原来，市中心一些老房子需要商业拆迁，一套才二十多平方米没有煤卫的房间，根据户口可以分配到至少一套一室一厅的全独用的房子。只要你能买到该动迁的房子，这里面的利润可就大了。

范春歌闻风而动，立即四处寻找需要动迁的房子，可是房主都不肯出手，尽吃闭门羹。范春歌心想，这条路走不通，还得想想其他的法子。当记者的，脑子总是特别灵。范春歌立即去采访动迁组的头头，写了篇通讯赞颂他们如何想老百姓所想，急老百姓所急，在动迁中既执行政策，又照顾动迁户的利益。动迁组的头头看了很是高兴，当范春歌第二次去采访他时，他就将范春歌视为贵客，无所不谈了，甚至连下一步准备动迁哪些地段也向范春歌透露了一二，当然他再三叮咛，这些万万不能报道。范春歌心知肚明，也一口保证绝对信守诺言。

有了这些内部情报，范春歌买老房子就容易多了，那些房东们并不知道他们的房子已上了未来动迁的名单，要价时自然就不会狮子大开口了。范春歌低价买进了几套市中心的老房子，过了几个月，买进的老房子轮到了拆迁。以老换新，范春歌赚了个盆满钵满。

谢天谢地，打麻将的"三缺一"真是好处多多！

迷宫

丈夫一向以自己的智商而自豪，也不知他通过什么途径测定的，据说他的智商高达 190。

这是很了不得的事，国际象棋国际特级大师、美国人罗伯特·詹姆斯·菲舍尔的智商才只有 187 呢，而爱因斯坦的智商是 287。

正因为如此，丈夫有句口头禅：我是可以同爱因斯坦讨论"相对论"的人。妻子很不服气，说："爱因斯坦提出了著名的'相对论'，你提出了什么？"丈夫辩解道："话不能这么说，大美女可以成为巩俐，成为章子怡，但也可以什么都不是，单凭那副漂亮的脸蛋就足以让她自豪了。"妻子无话可说了，因为她的相貌平平，长相不是她的优势，她需要扬长避短。

有一天，妻子问丈夫："你说我是谁？"丈夫一时蒙了，怎么回事？你不会是神经短路了吧？丈夫说："你是谁？你是我的老婆呀！"妻子说："我不是问你我的称谓。"丈夫说："你名叫×××。"妻子说："我不是问你我的姓名。"这不是在抬杠吗？丈夫说："你是教师。"妻子说："我不是问你我的职业。"丈夫没辙了，只好说："你是广东人。"妻子说："我不是问你我的籍贯。"丈夫火了，说："你是个基督徒。"妻子说："我不是问你我的信仰。"丈夫说："你是个人。"妻子笑了说："我不是问你我的属性，是人的全世界有几十亿。"丈夫无计可施了，说："你是什么？你是什么？你是个迷宫！"妻子大笑："想不到这下倒让你歪打正着了，我就是迷宫，一个女人就是一座迷宫，你懂吗？"

当晚，丈夫酣然入睡时，妻子突然摇着他的胳膊说："快醒醒，我带你去一个地方。"丈夫迷迷糊糊地睁开眼问："你有没有搞错？半夜三更你想上哪儿？"妻子说："你到了就知道了。"

丈夫跟着妻子七拐八拐来到了一个地方，忽然，妻子不见了，丈夫正在纳闷时，传来了妻子的声音："到这里来。"丈夫循着声音走到一个洞口，耳边又响起了妻子的声音："这儿就是迷宫，进来吧！"

丈夫稀里糊涂地走了进去，可是转了几圈又回到了原地，怎么努力都无法走出迷宫。糟啦，这样下去就是走到天亮也出不去。丈夫干脆坐了下来，冷静地想着办法。也许会有些什么提示吧？

丈夫仔细看了看迷宫的墙壁，果然发现了奥秘：墙上的左边贴着妻子的相片，右边则是丈夫的相片。丈夫习惯性地朝自己的相片走去，突然火光一闪，他猛然醒悟了——这不是告诉我，妻子与丈夫相比要以妻子为主吗？千万不可大男子主义啊！于是，他坚定地向左边转，绕了个弯，到了一个新地方，墙上的左边画了个男人，右边则是个女人牵个男孩。这种黑色的男人、女人的标志在厕所常常见到。丈夫心想，当然朝男厕所走去，闯入女厕所那还了得？

走到半路，丈夫心想，不对，女厕所一向只有一个女人而已，怎么会有个男孩出现？哦，差点误入歧途。这是在说，一边是男人，一边是女人和孩子，要以谁为主？丈夫立即掉转头朝左边走去，再拐个弯，墙上没有图画了，左边是"09/03/60"，右边是"60/06/27"。什么意思？ 09/03/60，好眼熟啊！啊，这是丈夫自己的生日，美国人的写法是：月份／日期／年份。右边自然是妻子的生日了，不过是按中国人的写法：年份／月份／日期。对，她是60年6月27日出生的，谢天谢地，幸好这日子我还记得住。那回忘了妻子的生日，被她骂了个狗血淋头，教训惨痛啊！

丈夫满怀喜悦地朝右边走去，东走西闯又到了一个地方，墙上的图画是右边一个足球，左边是个炒菜锅。丈夫虽然是个超级球迷，可此时此刻打死他也不敢挑选足球了，那肯定会前功尽弃，又要重走回头路了。锅碗瓢盆万岁！他毅然决然地朝左边前进。

前面又是一堵墙，上面是两个数字，左边是 23，右边是 32。又是令人头疼的数字，丈夫的脑壳都快裂开了。32、23，23、32，真见鬼了！该走哪一边呢？左思右想，前想后想，上想下想，颠来倒去地想，方方面面都想过了，还是找不出答案来。丈夫真想大哭起来：老婆啊，老婆，你害得老公好苦呀！这时，他想起了最近与老婆的一次对话。

一天下班后，丈夫一进门便叫道："老娘啊，我回来了，饭好了没有？肚子好饿哟。"妻子说："别喊我老娘，你的老娘不住在这里。"丈夫说："对不起，那叫你'孩子他妈'。"妻子说："去你的，你以为我是村姑？"丈夫说："我明白了，应当叫你'老婆'。"妻子："我老吗？我老在哪里？脸上有皱纹吗？我才三十二岁哩！"丈夫说："男人三十一朵花，女人三十豆腐渣。"妻子号叫："放肆，你敢再说一遍！"丈夫忙说："夫人息怒，老夫向你请罪！"妻子笑了："这还差不多，以后就称我'夫人'，懂吗？"哈，哈，32，32，32，了不起的 32。我怎么敢去找 23 岁的大姑娘。丈夫以百米冲刺的速度冲向右边，只见前面豁然开朗，终于成功地走出迷宫的洞口了。

"啊，我终于走出迷宫了！"丈夫振臂高呼。妻子在睡梦中被惊醒了，怒斥道："深更半夜，你发什么神经？女人的迷宫是那么容易走的吗？记住，这门功课你得学一辈子！"

新来的税务总监

　　税务员来到新天地房地产开发公司，总经理张保平见他来了，像见到久别重逢的老朋友似的说："稀客，稀客，什么风把你吹来了？"税务员说："张总，你就不让我过舒心的日子，尽给我们添麻烦。这回我是奉命前来调查你们公司税务情况的。"张总经理说："这儿不是说话的地方，我们改到天天大酒楼好好地聊一聊。"

　　到了天天大酒楼，面对丰盛的菜肴，税务员叹道："唉，今非昔比，如今我吃了也是白吃，确实帮不了你的忙了。"

　　张总经理说："老兄，你这就见外了，一家人怎么说两家话？我是不会让你白帮忙的。吃完饭，我们再上新开的澡堂泡桑拿，听说那儿还来了泰国按摩小姐，保证你的骨头全都酥了。"

　　税务员哭丧着脸说："张总，现今我们税务局是换了人间了，新来的税务总监铁面无情，过去的一套吃不开了。"

张总经理笑了："天底下还有不吃腥的猫？我就不信你们新来的税务总监是金刚不坏之身，硬是油盐不进？"

税务员说："我看是差不多。"

张总经理说："你说说，他是哪里人？哪个大学毕业的？老婆在哪个单位？孩子在哪家贵族学校？"

税务员说："你别再费心思了，这些统统都不管用了。"

张总经理吃惊了："怎么，难道他是从外星球来的？"

税务员说："我看差不多。"

张总经理说："老兄，你这不是天方夜谭？"

税务员说："实话跟你说吧，我们新来的税务总监是个机器人。"

张总经理惊讶得目瞪口呆。

税务员说："他发出的任何指令都限定我们要如期完成，如果完不成，要写明原因，然后他再派人进行复查，根本没有通融的余地。你说，我们哪敢偷工减料，闹不好连饭碗都给砸了。"

张总经理问："这新来的总监总有个名字吧？"

税务员说："名字当然有一个，可那与符号有什么区别？纯粹是个冷血动物，不，他连冷血都没有，安装的是永久性的蓄电池。他叫朱开泉，听说是今年的最新产品。"

张总经理问："朱总监有没有规定你到我们公司调查税务情况的最后期限是什么时候？"

税务员说："当然有，最迟这个月月底就要递交调查报告，否则唯我是问。"

张总经理说："放心吧，我不会使老兄为难的。你尽管安心洗桑拿，我自有办法。你不等到这月的最后一天，千万不要提前递交调查报告。"

月末快到了，这天，朱总监将税务员召到办公室并对他说："新天地房地产开发公司的税务调查你就不用写了，你从明天起改到大升房地产公司去调查税务情况。"税务员惊愕得合不拢嘴：张总经理真是神了，他使了什么法子说服了机器人总监？

税务员来到新天地房地产开发公司，张总经理笑道："老兄，这回如释重负了吧？"税务员说："张总，你真是活神仙啊，连机器人你都有一套办法对付，我佩服得五体投地。"

张总经理得意地说："一物降一物，什么钥匙开什么锁。"税务员说："可那是机器人，什么金钱美女全不管用啊，针插不进，水泼不入，你到底使的是啥妙计？"

张总经理说："真人也好，机器人也好，都有他的软肋。你不妨打听打听，你们朱总监最近的私生活有什么新变化。"

税务员回到局里，总算从局秘书的口中打探到，朱总监最近交了个机器人女朋友，俩人正在热恋之中。这位名叫崔玛丽的女机器人，是张总经理出资请机器人制造公司按照特别程序制造的。

卖梦想的人

    一个年轻人在大街上闲逛，忽然，他发现一家奇怪的商店，招牌上赫然写着：出售梦想商店。

    年轻人心想：这年头什么怪事都有，连梦想也能出售？日有所思，夜有所梦，俩公婆睡在一张床上，还同床异梦呢，梦想怎么出售？出于好奇心的驱使，年轻人走进了这家店。

    老板热情地招呼他："买个梦想吧年轻人，她能帮你美梦成真。"

    年轻人说："你们会不会是骗子商店，天下哪有梦想出售的美事？"

    老板说："多少人从本店买走了梦想，也现实了梦想，许多人还成了回头客。本店的口碑一向是不错的，不信你可以打听打听。"

    年轻人说："我想发大财，你真能卖给我发财的梦想？"

老板说："当然，你今晚就将这颗发财梦想的药丸在临睡前吃下，保证你今晚就会做个发大财的美梦。"

第二天，年轻人又来到这家商店。老板说："欢迎，欢迎，昨天你还怀疑我是骗子，今天你已成了回头客了。"

年轻人说："你给的药丸确实神奇，我也做了个发财的美梦。可是醒来之后，我依然是两手空空的穷光蛋啊。"

老板说："年轻人，梦想与现实是有距离的。你要想实现梦想，就得参考梦想中的路数，在现实中摸索，不断总结经验教训，你就能实现梦想了。"

几年后，那位年轻人果真发了大财，他又来到出售梦想的商店。年轻人财大气粗地对老板说："老板，我想买下你这家商店。"

老板说："年轻人，你有自己的公司，为何还要买我小店呢？"

年轻人说："我买了店之后，就要将它关闭，我不想让有人再来买梦想。"

老板问："你自己买了梦想，也真的实现了梦想，你为何不让别人也能实现梦想呢？"

年轻人说："我好不容易挤上了公共汽车，我就不想让别人再挤上来。没有了出售梦想商店，买不到梦想，我的竞争对手就少了。你的店到底值多少钱，你就报个价吧。"

老板说："我不会卖店的，我也不缺钱，你就死了这份心吧！"

年轻人说："钱不是越多越好吗？难道你会嫌钱咬手吗？"

老板说："我原本也像你一样，发了大财，钱多的是，但我关闭了赚钱的公司，心甘情愿地来经营这家小店。因为我想让更多的人拥有梦想，实现梦想。钱并不是万能的，梦想比钱重要多了。

"有多少有志者，当年他们并不是有钱人，可是他们有梦想，于是他们白手起家，身无分文打天下，结果他们成功了。

"可有些富二代，他们成了守财奴或是花花公子，失去了梦想，钱不过是花花绿绿的纸张。如果有人想靠钱来扼杀别人的梦想，那不过是痴人说梦而已，是永远无法实现的。"

电话号码相似焉知非福

　　家家都有电话，有电话自然要有电话号码。虽说电话号码都是由 0 至 9 的阿拉伯数字来排列组合的，但顺序各不相同。如果你自己的电话号码与隔壁极其相似，你说是祸还是福？

　　这样的事就让陈良科给撞上了。

　　陈良科家的电话号码是 636-724-1888，他对这电话号码很是满意，尾数是"要发发发"。虽说陈良科目前还没有任何大发特发的迹象，但至少希望是存在的。

　　自从隔壁建成了汽车旅馆后，灾难就接踵而来了。由于新兴汽车旅馆的业务联系电话号码是 636-724-1880，粗心的客户往往把预约客房的电话打到陈良科的家中。陈良科是个朝九晚五的上班族，白天上班已是熊模熊样了，回到家中本想好好歇一歇，想不到又受到潮水般的电话骚扰，怎一个"恼"字了得？

陈良科找新兴汽车旅馆的张经理理论，张经理笑道："这可是好事啊，电话打到你家，说明我们的业务多，墙内开花墙外香了。"

陈良科说："香你个大头，我被你们的电话轰炸得头都快裂了。"

张经理说："你要是嫌休息不好，可以在我们新兴汽车旅馆开间房，我们可以给你打八五折。"

陈良科说："我都已到家了，还要来住你们的旅馆，我有病啊？不行，我这电话早就有了，你们的电话号码得换一换。"

张经理说："我这电话号码是电话局设定的，就算是跟你的相似，也不是我们的错。你总不能在街上看到谁跟你长得相似，就要别人去整容吧？再说，旅馆开业后，广告都打出去了，电话号码怎么能改？"

陈良科说不过新兴汽车旅馆的张经理，只好去找电话公司。电话公司的业务员听了陈良科的诉苦后，说："这可就难办了，这阿拉伯数字拢共就只有十个，不管怎么排列组合，总是有相似的。就好像饭馆的厨师做菜，众口难调啊，有人嫌太淡，有人嫌太咸，毫无办法。"

陈良科说："就算新兴汽车旅馆的电话号码改不了，那就改我家的电话号码吧。"

业务员仍然是一口回绝："不行啊，你不过是多接了几个电话，就要来改电话号码，理由不充分。大家如果都跟你一样，我们的正常业务要不要办了？"

陈良科碰了一鼻子灰回到家中，这口气他实在咽不下。他想了一整夜，终于想出了一个办法来和新兴汽车旅馆斗智。

第二天，陈良科上工商局申请注册了一家旅馆，取名叫"新星旅馆"。陈良科将整幢楼都改造成了旅馆，这么一来，纷纷打来的电话不再是令人恼火的骚扰的噪声了，而是成了悦耳的乐章。陈良科巴不得这样的电话再多点儿。陈良科还打出了独特的广告：你发我也发，请打888！新星旅馆自开业后，客房入住率一直是保持在95％以上，真是太红火了。

新兴汽车旅馆的张经理终于发现业务量大减了，一查，原来是肥水尽流外人田了。张经理火了，找陈良科兴师问罪。张经理指责道："你这是违法的，我们的旅馆名叫'新兴'，你们的旅馆怎么可以叫'新星'？"

陈良科也不示弱，说："别忘了，几个星期前，你老人家是这样开导我的：这旅馆名称是工商局批准的，就算是与你的相似，也不是我们的错。你是'新兴'，生意兴隆；我不过是'新星'，天上的一颗流星而已。你总不能在街上看到谁同你长得相似，就要别人去整容吧？再说，旅馆开业后，广告都打出去了，电话号码怎么能改？我的电话号码早就有了，要改也得你们去改。你也可以去找电话公司嘛。"

张经理被陈良科反驳得哑口无言，只好对他说："那么，你把你的电话号码卖给我吧，价钱好商量。"陈良科冷笑道："要是在几个星期前，不要说买，只要你帮我改个号码，我都会感激不尽的。可如今我的旅馆生意这么红火，我的电话号码就是一棵摇钱树，我怎么舍得卖？要是你，你会卖吗？"

听课记

　　我的美国朋友马克听说我曾经在中国当过小学教师，便邀请我到他女朋友的学校旁听阅读课。

　　我问他："上课都讲些什么内容？"马克说："分析《白雪公主的故事》。"这么一个老掉牙的格林童话，我实在是提不起多大的兴致，但碍于马克的一片盛情，也只好从命了。

　　上课后，女教师先让一个同学上台讲述一遍《白雪公主的故事》，然后老师开始提问。

　　老师："同学们，你们觉得白雪公主可爱吗？"

　　学生们喊道："可爱。"

　　老师："为什么你们会认为白雪公主是可爱的？"

　　学生："因为她长得漂亮，魔镜说她是世上最漂亮的姑娘。"

　　学生："因为她有一颗善良的心。"

　　学生："因为她很勤劳，她把小矮人的家收拾得有条不綮。"

老师："漂亮的脸蛋是天生的，在座的女同学也许不可能像白雪公主长得那么漂亮，但是可以像她那样勤劳，有一颗善良的心。"

这时，老师点了学生汤姆的名，汤姆站了起来。老师问他："汤姆，你有多高？"

汤姆："五英尺三英寸。"

老师："同学们，大家猜一猜，小矮人身高有多少英尺？"

学生们七嘴八舌，有的说三英尺，有的说不到三英尺。

老师："我猜想，小矮人恐怕比在座的同学们都更矮，那么，同学们会不会认为小矮人很丑，很不可爱？"

学生："我认为小矮人很可爱，他们很善良，不但让白雪公主住了下来，而且还救了她的命。"

学生："小矮人虽然矮小，但他们不靠别人的施舍，他们每天开采铜矿和铁矿。"

老师："对，我们看人一定不能光看外表，要看他的内心。遇到残疾的人、弱小的人，我们就应当帮助他们。同学们，你们说世上到底有没有魔镜？"

学生："没有，要在童话故事里才会出现。"

学生："我长大了要当科学家，造出一个真正的魔镜。我想看什么，只要说一句话，它就会出现在魔镜里。"

老师："很好，没有做不到的，只有想不到的。电话不就是能听到几千里外的声音，电视不就是能看到几千里外的图像。只要努力，魔镜是一定能造出来的。同学们认为《白雪公主》的故事有没有还需要修改的地方？"

学生："我不同意强迫王后穿上在炭火上烧红的铁鞋，让她跳来跳去，然后死去。这样的做法是很不人道的，应当将她送交警察局，让她接受陪审团的审判，让法官来裁定。"

老师："很好，如果你将来当了法官，你会接受这个案子吗？"

学生："我会的。"

老师："祝福你，我们等待你和陪审团的裁决。"

听完了这堂课，我只能说给了我极大的震撼。对我来说，这远远不是一堂普通的美国小学的阅读课。

指数人

　　人们都叫他"指数人",他的原名"李伟"随着岁月的流逝倒被人忘却了。忘了也好,"李伟"算啥名字,一点创意也没有,同姓同名的就有成千上万。指数人,多好啊,一针见血,开门见山,只要见了就能过目不忘。

　　指数人倒也名副其实,生活确实是指数化了。他有句口头禅:凡事都有指数。举个例子来说吧,他每天出门前,都要看看紫外线自测仪,了解当天的紫外线强度指数。当紫外线指数为0~2级时,他外出时就戴上太阳帽。当紫外线指数为3~4级时,他外出时不但戴上太阳帽,还要戴太阳镜并且涂上防晒霜。当紫外线指数为5~6级时,他外出时除了太阳帽、太阳镜、防晒霜外,还一定要在阴凉处行走。当紫外线指数为7~9级时,他在上午十时至下午四时绝对不到沙滩上晒太阳。到了10级,你就是打死他他也不肯出门了:不行,不行,这会儿紫外线贼毒的!

俗话说：萝卜青菜，各有所爱。一个人想要什么活法就怎么去活。指数人原本可以这样踩着指数活到老，可是，人总不能打一辈子光棍啊。《圣经》不是说了："那人独居不好，我要为他造一个配偶帮助他。"

指数人也想拥有娇妻，喜得贵子。于是，指数人开始谈恋爱了。指数人谈恋爱是与众不同的，他是按照恋爱公式来找对象的。爱情 =$\{[(F+Ch+P)/2]+[3(C+I)]/10\}/[(5-SI)2+2]$。这个公式代表的含义是什么呢？"F"代表自己对对方的好感，Ch 代表对方的魅力，P 代表看到对方时性激素的分泌量，表现为自己的兴奋程度，C 代表自己的信心，I 代表亲密程度，SI 代表自我形象。按照从 1 到 10 的顺序，分别为自己的各个情况打分，然后代入公式。若总分介于 8~10 分之间，即代表测试者跟对象可发展出一段浪漫热恋；5~6 分代表两人感觉温馨，但结果不明；4~5 分代表感情冷淡；低于 4 分则代表这段感情不会开花结果。

有了这个公式，指数人谈恋爱就不像别人尽是风花雪月，他仿佛在解一道复杂的数学题。谢天谢地，他的恋爱成功了，妻子张舒美可是个大美人，据说美丽指数达到了1.20。这个美丽指数可是美国教授施特芬·霍夫林 1998 年发明的，他是对人脸上十多处美丽点经过仔细测算得出来的。美丽指数在 1.00 到 1.30 之间是美丽，低于 1.00，最多算是有魅力罢了。指数人对妻子高达 9 的爱情指数更是满意。

结婚后，指数人才发现，婚姻露出了奖章的背面。张舒美并不属于指数族的人，她对指数根本没有概念，凡事只求顺其自然。这么一来，矛盾就是不可避免的了。

有一天，指数人感冒了。人的一生谁没有得过几回感冒？小毛病，好治。张舒美说："你想吃西药，这儿有速效感冒灵；你想食疗，我给你煮姜葱粥。"

可指数人全都否决了，他要按治疗感冒的公式来治感冒。张舒美一听，眼珠子差点掉了下来，说："我活了二十多年了，从来没听过治感冒还有什么公式？"指数人说："怎么没有，这是英国科学家研究出来的，公式是：$I4 + (X \times T3) + (Y \times I1) - A1 - T4 + T2 - I3 + (2 \times (P + P2)) + L1 = $ 治愈感冒。$I4$ 为感冒药，$I1$ 代表睡前喝些香甜热酒，Y 指的是打开窗户通风，$T2$ 代表睡前洗个热水澡，$A1$ 是病人睡前最好不要看电视，$T4$ 是不要穿着袜子上床，等等。"张舒美听得头都晕了，说："你治感冒，我也得了头痛症了，给我一片阿司匹林。"尽管指数人按照公式左折腾，右折腾，但时间一到，感冒还是好了。

指数人每天都要测量自己的体重三次。张舒美说："你天天都要测三回，累不累？"指数人说："标准体重是有指数的，含糊不得。我身高 176 厘米，标准体重（公斤）＝身高（厘米）－110。波动范围大致在 10%。超过标准体重的 25%~34% 为轻度肥胖；超过标准体重的 35%~49% 为中等肥胖；超过标准体重的 50% 为重度肥胖，那可就不得了。"哪怕只是增加了 1%，指数人也会如临大敌，立即采取瘦身措施。

张舒美说："你又不是机器人，何必精确到零点零几的？"指数人说："马虎不得，世界上怕就怕'认真'二字，我们指数人就最讲认真。"张舒美笑了："可是一个大活人总不能叫一大堆数字缠死啊！"指数人不听她的，照样我行我素。你懂什么，指数化，就是生活的新理念。

指数人自己的生活指数化，也要张舒美同他一样按照指数生活，俩人的争吵也就渐渐白热化了。指数人是男生，穿男装，张舒美是女生，穿女服，按说井水不犯河水，俩人根本不搭界。可指数人穿衣讲究着装指数。

穿衣着装指数可是根据天空状况、气温、湿度及风力等气象条件研究出来的。1~2 级为夏季着装，衣服厚度在 4 毫米以下；3~5 级为春秋过渡季节着装，衣服厚度在 4 毫米以下；1~2 级为夏季着装，衣服厚度在 4~15 毫米；6~8 级为冬季着装，衣服厚度在 15 毫米以上。

张舒美一听，傻眼了，她说："穿衣嘛，春捂秋冻，春天别过早地脱棉衣，宜多捂些时候，秋季适当地少穿点衣服，提高抗寒能力和抵抗力就可以了，哪有人拿尺子量衣服厚度的，笑话！"指数人不但自己要量衣服的厚度，也要妻子跟着量。指数人说："我是有指数依据的。"张舒美说："春捂秋冻是中国民间的一条保健谚语，从气候学的观点来分析也是有一定科学道理的，错不了。"俩人你一言我一语地就争吵起来了，谁也说服不了谁。发展到后来，为了穿衣的问题，俩人闹得不可开交，干脆分床睡觉了。

指数人感到这样的日子过不下去了，他想到了离婚。可离婚的指数是多少呢？他手头没有数据。他查找了Goolge，没找到，查找了《百科全书》，也没有这一条目。他束手无策了，难道科学家们还没有研究出来？他不知该如何是好。

上帝也帮不了忙

一位年轻人在路上遇见一个陌生人,那人向他问好。年轻人惊讶地问:"我们认识吗?奇怪,我怎么想不起你的姓名?"陌生人说:"我是天使啊。"

年轻人笑了,说:"你要是天使,我就是亚伯拉罕。"天使问:"为什么呢?"年轻人说:"据我所知,亚伯拉罕接待过天使。"天使说:"接待过天使的人多了,亚伯拉罕只是其中的一位。天使是不需要护照的,人们也都没有怀疑过天使的身份。"

年轻人说:"可是我至少要看到你长着一双翅膀才能相信你啊!"年轻人话音刚落,陌生人的肩膀上立即长出了一对翅膀。年轻人顿时目瞪口呆。

天使说:"这下你总该相信了吧,我是上帝派来的,因为你一直虔诚地祷告,上帝让我来实现你的愿望。"年轻人喜出望外,问:"真的吗?那太好了。"天使说:"你有什么愿望,尽管说吧！"年轻人说："我想发大财，有很多很多的钱。我想娶个漂亮的妻子，有一对聪明可爱的儿女。"天使说："这样的愿望不算过分，你会有机会实现的。"年轻人简直不敢相信，反问道："你说我真的有机会实现？"天使说："是的，天使从不撒谎。"天使说完这句话，便在年轻人眼前消失了。兴奋不已的年轻人接连几天都沉浸在欢乐之中。

可是，十年、二十年、五十年过去了。年轻人成了中年人、老年人，却始终没成为有钱人，他的妻子相貌平平，儿女也并不聪明。当年遇见天使的年轻人来到天堂，正好遇上当年那位许下诺言的天使。

他质问天使："你为什么骗我？"天使说："我再次重申，天使从不撒谎，我确实给了你机会。"

那人说："你胡说，我怎么一次也没遇上？"

天使说："难道你都忘了？在国家实行'六五'规划时，有人干个体，摆地摊成了万元户，当时你动心了，可是舍不得干部的铁饭碗。'七五'规划时，有人去乡镇办企业，你想去又怕担风险。'八五'规划时，许多人下海去经商，你却只站在岸上望洋兴叹，不敢当一名弄潮儿。'九五'规划时，有人合资买煤厂，买矿山，你又怕投了资会血本无归。'十五'规划时，多少人跨出国门去闯荡，你又怕到国外受洋罪。'十一五'规划时，买房子，发大财，你又想等着公家分配房子。有这么多次的机会摆在你面前，你却一次也没抓住。你始终不敢跨出第一步，不敢为天下先，光是等着天上掉下金元宝，正好砸在你的头上。天下哪有免费的午餐？像你这样的人，就是上帝也帮不了忙啊！"

易位

刘伯翔与他的对手竞争公司总经理的职位，但他却败北了，一肚子窝囊气真不知该到何处去发泄。

夜深了，妻子和女儿都睡了，只有他还在独自喝闷酒。

听到有人按门铃，他感到好生奇怪，打开门后，面前站着一个素未谋面的人。

"对不起，深夜还来打搅您，我知道您今夜肯定睡不着觉，所以特地来帮助您。"来人说道。

刘伯翔说："你来帮助我？可我没有向任何人提出过需要帮助的请求？"

来人说："我叫莫昌义，具有专门给人提供灾难的特异功能。如果您此时此刻想让不幸降临到某人身上，找我是最合适不过的了。"

有意思，刘伯翔立即精神振奋起来，赶紧将这位不速之客请进屋内。

莫昌义说："我有办法给你讨厌的人降临各种各样的不幸，比如妻子生病、儿子被绑架、岳父去世、他本人车祸，等等。事成之后，你只要支付不太多的费用。"

刘伯翔满心喜悦，真是想吃馄饨来了个卖抄手的，及时雨啊！刘伯翔还是多了个心眼儿，问："可如果要我承担法律责任我就不接受了。"

莫昌义说："您多虑了，我们之间没有任何合同、协议，事后您也是以赞助的形式给以我的名义成立的慈善机构汇款支付费用的，根本不用担心会惹出什么麻烦。一切不幸都是自然而然地发生的，纯属天意，与任何人无关。即使是福尔摩斯来探案，也查不出任何蛛丝马迹来。"

太好了，这太合我的心意了，是该给那个正在得意忘形的家伙一点颜色看看了。刘伯翔替新上任的总经理预约了一个不幸。莫昌义临走时留下了名片，小心谨慎的刘伯翔默记了他的电话号码，却将名片烧了——小心行得万年船，不能留下任何证据。

几天后，总经理的灾难接踵而来，最后他甚至被突如其来的不幸给击倒了。总经理病重住院了，一个月后就病逝了。刘伯翔顺理成章地顶替了总经理的位置。同事们纷纷向刘伯翔祝贺，可他却是一脸愁容。

当晚，刘伯翔邀莫昌义在一家咖啡店会面。刘伯翔忧心忡忡地说："想必你已经知道了，我顶替那个倒霉鬼当上总经理了。"

莫昌义说："那就要恭喜您了！祝您官运亨通，财源广进！"

刘伯翔说："有什么可祝贺的，我哭都来不及了。我想你又该忙碌了，因为我的竞争对手一向不会比那个倒霉鬼少呀。"

莫昌义说："这倒也是，可我天生就是干这个活儿的，除了这个专长，我一无是处。我如果不干这个活儿就得喝西北风了。"

刘伯翔问："上回你给那个倒霉鬼降灾赚了多少钱？"

莫昌义说："他呀，想给他不幸的人太多了，我至少收到这个数。"莫昌义说出了具体的数目，刘伯翔听了，惊叫道："这么多啊！"刘伯翔想了想，最后还是下了决心，说："行，就按这个数，我把钱汇给你，你就不要再挨家挨户地打听谁想给我不幸了。"

莫昌义说："那当然，那当然，吃人嘴软、拿人手短嘛。不过，我如果整天不干活儿却有大笔的钱进项，恐怕也会引起人们的怀疑。"

刘伯翔说："那好办，如今我是总经理了，我就任命你为我的特别顾问，当然是只顾不问，你白领薪水就行了。"

就这样，莫昌义名正言顺地当上了特别顾问。可是过了些日子，莫昌义又找上门来了。

"最近有不少人找我，说是想给你降点灾难，你说我该怎么办？"

刘伯翔听了，真是气不打一处出，这不是借机敲诈吗？不过，刘伯翔还是硬压下心头的怒火，又给了莫昌义一笔钱才了事。刘伯翔心想，长此以往，总是被莫昌义牵着鼻子走可不是办法，还得想出一招来制伏他。

一天夜晚，刘伯翔邀请莫昌义共进晚餐。他特意将莫昌义灌得酩酊大醉，然后问他："你那降灾术实在厉害，是从哪里学来的？"

酒后吐真言，莫昌义居然将秘诀告诉了刘伯翔："其实我也不是有什么特异功能，几年前有一位老道士教了我降灾术，说来也很简单，只有几句咒语而已。"莫昌义顺口将咒语念了出来。刘伯翔赶紧默记，并且假装上厕所然后偷偷记在了本子上。

第二天，他在一位员工身上试验咒语是否灵验，想不到果然奏效，这使得刘伯翔欣喜欲狂。

又过了些日子，刘伯翔对莫昌义说："自从我当上总经理后，真是累得苦不堪言。我巴不得有人来接我这副担子。"莫昌义说："如果说你真的不想干的话，我倒可以向你推荐一个人。"

刘伯翔说："随便什么人来，我倒也不放心。如果你想干的话，我就没有什么可顾虑了。"

莫昌义喜出望外地说："行，我倒也想过过总经理的瘾。可是我当了总经理，你的位置怎么摆？总不能让你也当我的特别顾问吧？"

刘伯翔说："是啊，我正想同你换换位置。"

莫昌义问："那你想开什么价？"

刘伯翔说："我的要求也不高，和你一样就行了。"

莫昌义大吃一惊："什么，难道你也懂降灾术？"

刘伯翔点点头。莫昌义更惊讶了："你向谁学的？"

刘伯翔说："你怎么忘了，不就是你教会我的吗？"莫昌义惊愕得目瞪口呆。

过关

　　赵雨生与曾杨昆是邻居，虽然中国自古就有"远亲不如近邻"一说，但邻居毕竟是邻居，不是亲人，"鸡犬之声相闻，老死不相往来"的人为数不少，更何况在现代化的大都市里，安全铁门一关，就是一个独立的世界，虽然同住在一幢楼里，几年、几十年过去了，不知彼此姓名的也大有人在。然而，赵雨生和曾杨昆却是走得很亲近，这全是因为他们有一个公约数：都有亲人在美国。

　　赵雨生的儿子和媳妇大学毕业后在大公司找到工作后都已定居美国了，就连他们的女儿也在美国上小学了。曾杨昆虽然比赵雨生慢了半拍，但女儿今年也要大学毕业了，她的男朋友早已是美国公司的白领了。两人茶余饭后的闲聊都会不知不觉地扯到那个遥远的国度。

　　今年五月的一天，赵雨生告诉曾杨昆："我儿子来信要我到美国去玩一玩，我也想去看看小孙女，那可爱的小宝贝我还没有抱过呢。"曾杨昆一听，也说道："好啊，我也正想去签证，我那闺女今年正好大学毕业，邀请我去参加她的大学毕业典礼。"

俩人都顺利地获得了美国大使馆的签证。他们同一天登机，乘坐的也是同一航班。在飞机上，曾杨昆问赵雨生："你去看小孙女，给她带了什么见面礼了？"赵雨生说："我给她买了一块满天星 18K 的金劳力士表。"曾杨昆叫道："我的妈呀！她才上小学一年级，你就给她买那么昂贵的金表，也太破费了吧？"赵雨生说："哪会呢，我给她买的表是仿制的，值不了几个钱。你呢，送什么礼物给你的千金？"曾杨昆说："我们俩真是英雄所见略同，我送给女儿的也是满天星 18K 的金劳力士表，不过我的表是货真价实的金表。"赵雨生说："那是当然的，千金都大学毕业了，也不好意思戴冒牌的金表嘛。"

长话短说，俩人下机后来到美国机场的海关。曾杨昆排在前，赵雨生随后。过海关时，海关工作人员发现曾杨昆左腕上有只金劳力士表，右腕上也有只金劳力士表，便说："你那只表要上税才能过关。"曾杨昆心想，这表要是上税，岂不是几百美元就打水漂了？于是，他灵机一动，计上心来，装着轻松地说："这表不是金表，是假的。"海关工作人员不相信，将他的两只表取过来，与自己手腕上的金劳力士表一一对照：明明是金表，怎么会是假的？海关人员问："两只表都是假的吗？"事到如今，曾杨昆也只好硬着头皮撑下去了，说："都是假的。如今的假表制造技术是一流的，造得就跟真的一模一样。"没料到海关工作人员听他这么一说，随即拿来一把榔头，当当两下，将两只金表硬是给砸扁了，然后甩下硬邦邦的一句话："这次算是警告，今后再带仿制品进关就不客气了。"曾杨昆眼睁睁地看着两只金表粉身碎骨，真是欲哭无泪，连个"冤"字都不敢说出口。

赵雨生同曾杨昆一样也是左腕一块金表，右腕一块金表，只不过，他左腕的金表是真的，右腕的金表是假的。海关人员要是问他，如果回答表是假的，那肯定落得个同曾杨昆一样的下场。赵雨生才不会这么傻，前车之覆，后车之鉴嘛。可如果回答表是真的，海关人员肯定要你上税的。一块值不了几个钱的仿制表按名牌金表上税，岂不是太冤枉了？赵雨生想，如果回答一只是真的，另一只是假的。不，不行，那样就更糟了，海关人员会怀疑你带仿制表作为样品来美国是为了批量生产，说不定还会将你当成走私犯。事到如今，也只好成为刀砧上的肉，任人宰割了。

海关人员一见赵雨生也是左腕右腕都有一只金表，便问："你的表是想上税还是想被砸烂？"赵雨生咬咬牙，说道："行，上就上吧。"

过关后，赵雨生发现机场商店里出售的劳力士金表也贵不到哪里去，他为那只假表上的税痛心不已。曾杨昆对赵雨生说:"别难过了,你想想我的两块金表都给砸扁了,一钱不值。即使踩扁两个空易拉罐还能到回收站卖个几毛钱。你和我相比,真是太幸运了。"

女人该如何称呼

有个洋人学了几年中文，自认为已成了一个中国通了。有一回，他到中国某县城旅游，来到某家旅馆投宿。他对登记处的女服务员用汉语说："这位女士，我要办住宿登记。"女子瞪了他一眼："你没长眼吗，把我叫成女士，难道我结婚了吗？你是不是还想把我叫作什么夫人？"

洋人忙说："对不起，小姐！"

女子立即打断他的话头："什么小姐，这儿可不是红灯区，我可没有坠落红尘。"

洋人只好改口叫道："大姐！"

女人火了："大你个头，我有那么老吗？你干脆叫我大嫂得了。"

洋人搜索枯肠，只好说："同志！"

女人说："同你个志，我才不搞同性恋。"

洋人无可奈何，只好说："那称你'师傅'可以吧？"

女人说："你别损我了，我可不想当下岗工人。"

洋人灵机一动，决定不说汉语了，改说英文，未婚的称 Miss，已婚的称 Mrs，不知道的称 Ms，于是他说："Ms，I need check in hotel."

这下女子没招了，如果她不想下岗的话，总不能说听不懂这句英语吧，只好给他办理了住宿登记。

十二物肖的由来

一天，水和花、草、土、木等物质在一起商讨一个重要的问题：为什么有十二生肖，却没有十二物肖呢？等一等，只有人才会说话，物质怎么也会说话？错了，人会说话，动物也会说话。

古时候，有个人叫公治长的人就听得懂鸟兽语言，后来他想办鸟兽语学校发大财，这事触怒了上帝，一道闪电打下，将课本全烧了，连公治长的语言特长也收回了。

物质当然也会说话，风呼呼地吹，水哗啦啦地流，这就是它们在说话，只不过人的耳朵听不懂罢了。

这时，土说："地上的飞禽走兽不就是因为有我们物质给他们提供吃的、用的才能生存吗？可世上居然只有十二生肖却没有十二物肖，这实在是太不公平了。"

草说："没有动物，我们草照样绿遍天涯海角，凭什么剥夺我们评选十二物肖的权利？"

大家你一言我一语，讨论相当热烈。最后，决定由水作为全权代表负责向上帝申诉，要求评选十二物肖。

　　水化为水蒸气升到天上，他向上帝申诉了众物质的请求。上帝说："世界上的物质也太多了，何止成千上万，要挑出十二种来作为代表也不是件容易的事。这样吧，我把权力下放，就由十二生肖来定夺，他们各自挑一种，挑到谁就是谁。"

　　水回到地面之后，向十二生肖传达了上帝的旨意，十二生肖都乐意成全此事，于是他们都忙着挑选自己中意的物质。

　　龙说："在十二生肖中，你们都生活在陆地上，只有我是生活在水中的，我可是每分每秒都离不开水，哪怕是水浅了都不行，人们不是常说吗：龙游浅池遭虾戏。我请求大家把水分给我吧！"

　　虎说："龙大哥是我们的龙头老大，水又是天下最智慧的物质，我看她确实是非龙大哥莫属，我同意。"龙是老大，虎又是兽中之王，他俩都发话了，大家也就顺水推舟地同意了。

　　虎说："常言道，龙从云，虎从风。云其实也是水的变形，我就挑风吧！大家没意见吧？"虎扫视了众生肖，虎视眈眈，谁见了都望而生畏，自然都没有异议。

　　老鼠说："不是有首歌叫作《老鼠爱大米》吗？在座的

不是吃草吃菜就是吃果吃肉，谁也不稀罕什么大米，大米就归我吧。"鸡本想说我也爱大米，可又不想与老鼠计较，也就不吭声了。

牛说："我吃的是草，挤出的是奶。不知有谁想要草，如果没有的话，我就挑草吧。"羊说："我也想要草。"兔说："我也想要草。"牛说："既然你们想要，那就让给你们吧。"羊说："还是给牛大哥和兔小妹吧。"兔说："我如果有胡萝卜也行。"大家说："胡萝卜归菜类，就不单列了。"牛说："我住在牛栏里，牛栏是木头做的，我就挑木吧。"羊也说："我没有草，有菜也行，我就挑菜吧。"草自然就归兔所有了。

马说："金银财宝我都不稀罕，我的马蹄是铁制的，我想要的是铁。"

猴说："我在树林中跳来跳去，就是为了采果子吃，我就要果子。"

猪说："我喜欢在地上滚一身泥巴，土就归我吧。"

鸡说："我喜欢啄沙子，其实我有时也会啄到地上的珠子，我就挑珠子。"

狗说："平时，我的狗链子都是铁制成的。其实，狗链子就像人的怀表链，也可以用金银来打造。"

虎说："有话就直说吧，何必拐弯抹角的，你是不是想要金子，反正我们又不稀罕它。"

狗得到了金子。兔子笑裂了嘴，说："狗二哥，你戴上金链子风光是风光，但不会嫌太重吗？"

　　大家都挑了自己所中意的物质，唯独蛇还在酣睡。虎推了推蛇，吼道："醒醒，就差你了。"蛇说："你们给我什么都行，这时我就想美美地睡一觉。"老鼠说："人们常说，老鼠实在是太狡猾了，其实这是天大的误会。《圣经》都说了，耶和华神所造的，唯有蛇比田野一切的活物更狡猾。我说就把花给他吧，就数他花点子特多。"虎当场拍板：好吧，花属蛇。

　　于是，有了十二物肖排行榜：米（鼠），木（牛），风（虎），草（兔），水（龙），花（蛇），铁（马），菜（羊），果（猴），珠（鸡），金（狗），土（猪）。

互动人生录像馆

黄连峰参加高中同班同学的聚会，喝得醉醺醺才往家走。难得啊，二十年未见面了，连同桌的李小芳都差点认不得了，人生易老天难老啊！

黄连峰走着走着，忽然发现眼前有一家录像店是新开张的。"互动人生录像店"，好个古里古怪的名字，录像就是录像，怎么互动？出于好奇心，黄连峰走进了录像店。

老板见黄连峰来了，立即展现出职业的笑容："欢迎光临！"黄连峰问："你这录像怎么互动啊？"老板说："只要你在电脑里输入你的真实姓名，屏幕上就会放映你的人生录像。在你人生的一些关键时刻，比如考大学，考上了，你的人生轨迹与考不上是截然不同的。只要你按不同的键，你就可以看到你的人生不同的轨迹。"黄连峰问："真有这回事，这不是跟科幻小说一样？"老板说："科幻小说那是瞎编乱造的，我们这儿可是真刀实枪的，不信你可以打开电脑自己亲眼看看。"

黄连峰打开电脑，输入自己的姓名，他看到了自己的童年生活，上幼儿园，上小学，上中学，参加了高考。

这时，屏幕上问道：你考上了大学，请按 A 键；你考不上大学，请按 B 键。两种选择由黄连峰来决定。黄连峰毫不迟疑地选择了 A，他当然想知道自己如果考上大学的人生轨迹究竟如何。当年，就因为高考只差一分，他名落孙山了。他悔得肠子都青了，就这一分啊，他不但上不了大学，而且与他暗中相恋多年的女友、人见人爱的班花也与他分道扬镳了。黄连峰认了，他不过是个合同工，怎敢攀龙附凤，人家可是天之骄子。

黄连峰在录像中看到，当自己考上大学后，正巧与班花在同一个大学，毕业后俩人结了婚，生活过得比蜜还甜。黄连峰顿时感到揪心般的疼痛，他实在看不下去了，颠颠倒倒地回到家中。

老婆张立梅见他喝成那副模样，怒斥道："三寸人却偏要揽一尺活，没有海量你就不要灌马尿。"黄连峰也许酒醉未醒，居然顶嘴道："你凶什么凶，当年我要不是差那千刀万剐的一分，今天也不会受你这份罪。"平日，黄连峰是出了名的"妻管炎"，今天居然敢顶嘴，真是反了。张立梅本想训斥他，但又感到事出有因，她想探个究竟，便问道："究竟发生什么事了？"黄连峰便将看互动人生录像的事和盘托出。张立梅说："你想骂我就骂吧，不要编出不着边际的故事来糊弄我了。"黄连峰忙说："真的，千真万确，我要是有半句假话，天打雷劈。"张立梅见黄连峰不像是在骗她，便问："那家'互动人生录像馆'，在哪儿？"黄连峰说出了大概的方位。

第二天傍晚，张立梅也来到了互动人生录像馆，看了录像，张立梅哭哭啼啼地回到家中。一向在家中横刀立马的女强人如今居然哭成了泪人儿。黄连峰慌了神，问道："发生什么事了？"想不到张立梅扑到黄连峰的身上，像决了口的堤坝，号啕大哭起来。黄连峰急了："到底怎么回事，你快说呀！"这时，张立梅才抽抽搭搭地说了。

原来，她在录像馆里看到了自己的人生录像。她的人生的转折点就在父亲去世的时候，父亲是个老干部，张立梅原本与另一个高干子弟订了婚，父亲去世后，对方便悔婚了。后来，张立梅才嫁给了黄连峰，而黄连峰之所以看上张立梅，就因为她长得与当年的班花几乎是一个模子里印出来的。可是结婚后，黄连峰才发现，原来根本不是那回事，班花又漂亮又温柔，而张立梅光有漂亮的脸蛋，在家中却凶悍得有如母夜叉。黄连峰每天都要听到河东狮吼，他自嘲道：我都成了每天喂狮子的人肉了。

张立梅说："你是我的救命恩人啊！"黄连峰受宠若惊，忙说："你说到哪里去了，我怎么救的你？"张立梅说："我看了录像了，我父亲未去世时，我与那个高干子弟结了婚，可他那个人面兽心的家伙，又找了个小妖精，居然狠心地把我给甩了。要不是命运让我和你结婚，我这辈子可就惨透了。你是我的大恩人啊，可我平日却对不住你，对你凶巴巴的，整天骂骂咧咧。从今以后，我要悔过自新，伺候你一辈子。"

打从那天起，张立梅仿佛变了个人，对黄连峰百般体贴，黄连峰被她照顾得都有点儿不自在了。他觉得张立梅与录像中的班花几乎是同一个人了，不但相貌一样，性情也完全相同，难道我黄连峰是生活在梦境之中？黄连峰感叹道：失之东隅，收之桑榆。塞翁失马，焉知非福！

抽签

上课了，心理学教授刘鸿儒走上讲台说道："有两个消息要宣布，一则是令人开心的消息，另一则是令人紧张的消息，同学们想先听哪一则？"同学们异口同声地喊道："先听令人开心的。"刘鸿儒说："好，那我就先公布令人开心的消息，中央芭蕾舞团到我市演出，我们班分配到两张票。令人紧张的消息是下星期举行心理学测验。"

同学们七嘴八舌地嚷开了。刘鸿儒说："丑媳妇迟早要见公婆，躲是躲不掉的。反正还有一个星期的时间，同学们可以好好地准备准备。现在来决定这两张票的命运，看看花落谁家。想要票的同学请举手。"顿时，每个同学都举起了右手，有的同学甚至高举双手。

刘鸿儒说："僧多粥少，难办啊！大家知道孙权吧，他是三国时期吴国的开国皇帝，宋朝诗人辛弃疾曾在词《南乡子·登京口北固亭有怀》中赞颂道：生子当如孙仲谋。

孙权字仲谋，这就使孙权在中国历代皇帝中小有名气。孙权一生的巅峰之作是作为最高统帅在赤壁大战中打败了曹操的八十万大军，而他的一项小发明却往往被后人所忽略。相传抓阄就是孙权发明的。孙权在太子去世后，担心一世的功业付诸东流，心中颇为苦恼。一连几天的冥思苦想后，他终于想出了一个绝妙的法子——抓阄。他用一个盒子装满了各种各样的东西，让众皇孙们自由抓取。只有孙和的儿子孙皓一手抓绶带，一手抓简册，子以孙贵，于是孙和靠孙皓抓阄的本事当上了皇帝，这就是抓阄的由来。我们也采用老祖宗的办法吧！抓阄，抽到了算你运气，抽不到也就认了，不过是一张票，也不要垂头丧气的。"

刘鸿儒将事先做好的签放到讲台上，排成一排，说："同学们一个个上前来抽签，只有两张签上写着'有'，其余的全是空白的，就看谁有运气了。"同学们一个个把签抽走了，想不到全是空白的。最后，讲台上仅剩头尾两个签了。王浩明上前抽了头签，中了。李健最后一个抽签，也中了。

刘鸿儒问王浩明："浩明同学，你抽中了，有什么体会，说一说。"王浩明说："哪里有什么体会，不过是瞎眼猫撞上死老鼠罢了。"刘鸿儒又问："那你为什么倒数第二个才抽签？"王浩明说："我对看芭蕾舞根本不感兴趣，所以我干脆等到最后才抽。"

刘鸿儒问李健："李健同学，你也说说，你不会也是一只瞎眼猫吧？为什么你是最后一个抽签的？"李健说："我是特意等到最后一个抽签的。"刘鸿儒问："有意思，这是为什么？"李健说："我想亲眼看看这次抽签有什么奥秘。"刘鸿儒问："难道你认为我在签上做了手脚？"李健说："当然不是，但是当我看到您将签排成一排，就觉得大有文章了。"刘鸿儒问："为什么？"李健说："在正常的情况下，签都是撒成一堆的。排成了一排，奥秘就在头签和尾签。这就好比我们去逛商店，如果说是笔直的一条商业街，我们一般不会在头家店购物，总以为后面的商店更好。也不会在最后的商店购物，因为没有选择的余地了，干脆就掉转头，去中间的商店购物。一般的话，两头三分之一的商店更容易被选中。所以从心理学的角度来说，我猜测老师会将有字的签摆在头部和尾部。"

刘鸿儒说："说得好，可是等到最后一个才抽签，你就不怕有同学抢在你之前将头签或尾签抽走吗？"李健说："当然担心，也有这种可能性，这是'三分之一效应'，我懂得，别人也懂得。但我就是想亲眼看一看，心理学上被称作'三分之一效应'的原则在实际生活中是不是果真如此。如果我等到最后还能抽到有字的签，这就说明确确实实存在'三分之一效应'。我想赌这一把是值得的，结果我赢了。"

刘鸿儒高兴地说："同学们，这就叫作心理学的活学活用。我正式宣布，李健下周的心理学测验免试。大家一定要记住，心理学不是让你们来死背课文的，考试后就还给了老师，毕业后，就全都交给了学校。生活中处处有心理学，就看你是不是一个有心人！"

对手

朱紫珍来美国探视女儿，女儿为她申请移民。女儿是美国公民，其直系亲属获得定居权是水到渠成、顺理成章的事。申请书递交了，只要耐心等待就是了。

偏偏朱紫珍生性是个闲不住的人，平时她就做得一手好菜，在家里她最爱看美食节目，总是变着花样试做各种佳肴，是亲朋圈子中闻名的"家庭厨师"。

到了美国，电视节目、报纸杂志全是英文，朱紫珍看不懂，年纪一大把了，也不想上社区培训班去恶补英语。女儿女婿上班后，周围的邻居全是老美，根本搭不上腔，摆不了龙门阵，朱紫珍感到很是失落。

有一天，朱紫珍听说有两位中国老人短期访美，因不愿闲着没事干，就将自家的车库临时改装后试卖早点，结果生意好得不得了。签证到期后俩老不得不离美，"车库餐厅"也只好结束经营，眼睁睁地看着明明可以到手的美钞却失之交臂，真是心疼死了。朱紫珍很庆幸，女儿替自己申请的是移民，这么一来，自己就可在异国他乡大显神州的厨艺了。

说干就干，朱紫珍请来工人，三下五除二就将自家的车库改装成了隐藏在居民区的餐厅。朱紫珍还特地制作了块大众化的招牌：朱大妈天津风味小吃。没说的，的确是地地道道的天津特色早点：狗不理包子、煎饼果子、豆腐脑、嘎巴菜、馄饨，等等。待客方式更是独到，食客都是随到随点，朱紫珍就在车库侧门旁的小厨房内烹制，香喷喷热腾腾的早点立等可取，其中的狗不理包子尤为食客所称道。

"有麝自然香，不必当风扬。"不出三五天，"朱大妈天津风味小吃"就在大陆新移民中赢得了口碑，尤其是天津老乡更是隔三差五地前来光顾，以满足思乡的口腹之欲，甚至有较远地区的华人也慕名而来尝鲜的，车库里的两张餐桌常常是客满为患，富有天津特色的"嘛嘛嘛"声响成了一片。朱紫珍看着食客们吃得津津有味，就像画家在欣赏自己的得意之作，笑得合不拢嘴了。

事情总是复杂的，凡事一向如此，有人欢喜有人恼。距离"朱大妈天津风味小吃"不远"都一处"餐厅的李老板这些日子是寝食不安。自从朱大妈的车库餐厅开张后，他的餐厅生意是每况愈下。原本门庭若市的餐厅如今是门可罗雀。难怪李老板不时唱起台湾民谣："人生好像海上的波浪，有时起有时落。"声调颇有几分凄凉。

"朱大妈天津风味小吃"餐厅确实是越来越红火了，朱紫珍雄心勃勃，准备获得移民后，正式申请开一家餐馆，招牌不变，仍然是"朱大妈天津风味小吃"，只不过那时候就要鸟枪换炮了，再不是"十几个人、七八条枪"了。前景是美好的，可是，生活中常常会碰到许多的可是。

　　一天，来了一位穿制服的洋人，那威严的相貌令朱紫珍不寒而栗。来人东看看，西瞧瞧，说了一大通英语，朱紫珍自然是一句也没听懂。幸好有一位食客在座，朱紫珍便请他代为翻译。

　　原来，来者是城市发展部门的，他说："居民擅自将住宅车库改建成餐厅，违反了城市条例中民用住房不可作商业用途的规定。车库餐厅的防火、排水、隔油等设施都不符合规范，一旦因电路、垃圾问题发生火灾，后果将是不堪设想的。食品的卫生也是隐患，对公众的生命安全和身体健康都是潜在的威胁。如果食客发生食物中毒，业者最高可处6个月监禁，如果对食客造成严重的人身伤害则可能触犯重罪。现勒令业者关闭并处罚款100元，再犯罚款250元，此后再犯每次罚款500元。"朱紫珍听了面如土色，我的妈哟，罚款100元已是心如刀绞，那可是美元啊，折合人民币就是600多元，哪还敢再犯呀！

　　李老板终于笑逐颜开了，今天他不再哼台湾民谣《会拼才会赢》，而是唱起了京剧《空城计》："我正在城楼观山景，耳听得城外乱纷纷。"那派头俨然他就是运筹帷幄决胜千里的诸葛孔明。李老板对他老婆说了一句话：什么朱大妈，还想和我老李头斗智，我只消花上几张44仙的邮票，就保准叫你人仰马翻。

对朱紫珍来说更不幸的事情还不是车库餐厅被关闭和罚款100美元，过了些日子，她女儿收到了移民局的通知，朱紫珍的移民申请被暂停了。

新闻发言人也要懂数学

斯捷潘在读中学时，数学是一团糟，但他的英语特别棒。读大学时他上的是外语学院，毕业后分配到外交部，几年后当上了外交部的新闻发言人。

有一天，在外交部例行的新闻发布会上，斯捷潘担任发言人。斯捷潘在发言中提到：十年前，本国总人口是 3000万，陆陆续续移民海外的有 500 万人，最近几年由于国内的经济形势大好，已有 300 万人回国定居了。

一名外国记者提问："请问，贵国目前的总人口是多少？"

斯捷潘最怕有人说他数学不好，因而对带有数字的问题都很敏感，可这个问题毕竟太简单了，心算都能算得出：3000 万减去 300 万，自然是 2700 万人。为了显示自己的思维敏捷，他脱口而出：当然是 2700 万人。

外国记者见他落入了圈套，不由得掠过一丝隐笑，问：

"你确定？"

斯捷潘又心算了一遍：没错，3000万减去300万是2700万。于是，他信心十足地说："我说过的话没必要再重复。这么简单的数学题，如果你还闹不清楚就要回到小学补课了。"

外国记者说："还不知道我们俩谁要回到小学补课？贵国统计局刚刚公布的全国人口总数是2800万人，为什么会与你的数字不相符呢？如果是统计局错了，那么它还是权威机构吗？如果是你错了，你是否要当场认错？"

斯捷潘一时无语，过了一会儿才说："对此，我无可奉告。"

外国记者仍不依不饶，他接着说："贵国的人口总数又不是国家机密，只不过是个常识性的问题，新闻发言人实在没有必要动用'无可奉告'这一法宝，再说它也不是什么灵丹妙药。"

众人听了，哄堂大笑，斯捷潘一时十分尴尬。外交部例行的新闻发布会的电视转播后，在全国引起了轰动。观众纷纷要求斯捷潘引咎辞职，斯捷潘却觉得十分委屈。

他的儿子对他说："爸爸，你连这么简单的数学题都闹不清楚，还有什么脸面当新闻发言人？"

果然，过了些日子，斯捷潘被调离了新闻发言人的岗位，理由是新闻发言人也要懂数学。

钱包

　　苏亮萍下岗了。她参加了几次招聘大会，嗬，人山人海，好不容易轮到了面试，简历、材料都递上了，可就是泥牛入海，杳无消息。

　　这天，苏亮萍看到一则广告，是一家银行招聘营业员。苏亮萍虽说不是学财经专业的，但她还是前来应聘了。

　　考官看到苏亮萍的手提包鼓鼓的，笑着说："看来，你是有备而来，手提包鼓鼓囊囊的，装的材料还不少吧？"苏亮萍不好意思地笑了笑，说："都是些历年的奖状、各种证书、材料。"考官连看都不看，反倒问她："你带钱包了吗？"苏亮萍惊愕了，但马上说："有的。"说罢，她从手提包里取出钱包，递给考官。考官问："你平时都是将钱包放在手提包里？"苏亮萍说："是的。"

　　考官问："为什么不放在衣袋里，或是裤子的前后口袋？"苏亮萍说："放在衣袋或裤子的口袋，我感到不放心，怕被小偷偷了。"考官问:"放在手提袋里同样也不安全呀,要是将手提包搁在哪儿忘了,岂不更糟?"苏亮萍说:"不会的,我身上有报警器,只要手提包离开我一米,报警器就会响的。"考官点了点头,又问:"你这钱包是皮革的,为什么你不用布料或是尼龙等人造面料?"苏亮萍说:"我奶奶就有个布料的钱包,还绣了花,挺漂亮的,但我认为那样的钱包居家用较合适;尼龙等人造面料的钱包确实很可爱,但中学生比较合适,我已经参加工作了,还是用皮革的好,比较正式。"

考官问:"我可以打开你的钱包看一看吗?不好意思。"苏亮萍说:"看吧,没问题。"考官看到钱包里大约有一千元现金,便说:"钱还不少嘛,依我看,只要放上一二百元就可以了,为什么你要放上千元现金呢?再说,你又有信用卡,随时可以支取现金嘛。"苏亮萍说:"穷家富路,出门时多带点钱,万一需要就能派上用场。有时急着用钱,等信用卡支取也来不及的。"

考官问:"奇怪,你的钱包怎么除了现金,就是信用卡,不装些打折卡、会员卡、发票、凭据什么的?"苏亮萍说:"我以为钱包就是专门用来装钱的,其他的东西最好不要混在一起,这样也可以减少在外头掏钱包的次数。"

考官问:"你为什么不像有些人在钱包里放像片,你自己的或你家人的?"苏亮萍说:"我又不需要相亲,为何要像片随身带？"考官也笑了，说："再问你最后一个问题，你为什么要在钱包里放上你家的地址、电话、你的手机号码等？"苏亮萍说："我想万一钱包被偷或是遗失，如果有人拾到了，就可以根据纸上的地址找到失主。"

考官说："太好了，你被录取了。"苏亮萍惊叫起来："这是真的？"考官说："我们可是银行，一是一，二是二，怎么能开玩笑？"苏亮萍说："可我的所有材料你全都没有看啊？"考官说："有机会看的。通过对你钱包的考察，我们认为你对自身有较高的要求，办事也会力求做到最好，对钱的态度也比较认真，适合在金融岗位上工作。祝贺你，你明天就来银行参加培训班。善待你的钱包吧，明天见！"

银行家的乘龙快婿

　　珍妮特是在一次诗歌朗诵会上见到诗人安格斯的。他的诗使听众们如痴如醉，如癫如狂。当掌声潮水般响起时，安格斯那意味深长的笑容更是深深地印在了珍妮特的心田。

　　酷爱诗歌的珍妮特迷上了安格斯的诗篇，安格斯自然成了她仰慕的偶像。然而，安格斯对此却一无所知，他仍然过着一贫如洗的日子，除了诗他一无所有。

　　为了自费出版诗作，安格斯含泪将作为诗人必不可少的黑斗篷送进了当铺。当珍妮特知道此事后，立即掏钱将黑斗篷赎了出来。珍妮特让仆人将黑斗篷送还安格斯，并留下了一句话：诗人披一身黑斗篷，就好似将军手提着佩剑。安格斯被感动了，他破例接受了珍妮特的赞助并回赠了自己处女诗作的手稿。

　　直到此时此刻，安格斯才发现珍妮特原来就是他梦中情人，她是那般的姣美，是那么的温柔，除了她，还有谁能以轻盈的步履走进安格斯高傲的"城堡"？安格斯发狂似的没完没了地为珍妮特抒写情诗，他像一眼掏不干的诗歌涌泉，那奉献给珍妮特的情诗更是字字珠玑。愿天下有情人都成眷属吧，珍妮特和安格斯的恋爱之花也该结出果实了。

这时珍妮特反倒面露愁容，心情忧郁了，她怕父母不会接纳安格斯，而安格斯则意气风发，无所畏惧——我是诗人我怕谁？

珍妮特的父亲哈罗德是美洲银行的董事长，是个亿万富翁，对于诗他一向视如粪土，觉得那花里胡哨的玩意儿能当饭吃吗？珍妮特的未婚夫偏偏又是穷困潦倒的诗人。

为了第一次会面，珍妮特绞尽脑汁，她特意为安格斯准备了一套高级的礼服，但安格斯却偏要穿上他那身必不可少的诗人黑斗篷来见未来的岳父岳母。

哈罗德终于与安格斯见面了。哈罗德问："你真的想娶走我的公主珍妮特吗？"安格斯说："是的，她爱我，我更爱她。"哈罗德说："说相爱是容易的，可是你靠什么来维持你们的爱情呢？就凭你两手空空，就凭你会念几句破诗？"

安格斯说："我是诗人，诗就是我的一切，我坚信，我们一定能建立起诗一般美妙的生活。"

哈罗德大笑："小伙子，你可以不食人间烟火，可你总不能让我的公主挨饿受冻，总不能叫我的外孙一出生就是个穷光蛋吧！"

安格斯说："只要我们真心相爱，即使是住在木棚里也胜过天堂。"

哈罗德皱了皱眉头："如果让我去听诗歌朗诵会，我宁可待在家里数钱币。小伙子，靠朗诵诗歌解决不了温饱问题。这样吧，我们俩打个赌，我借你 1000 美金，半个月内你要赚回 8 万美金。如果你赚不到这个数，就等于你自动放弃了对珍妮特的求婚；如果你赚到了，你就可以娶走珍妮特。怎么样，这还算是个公平的交易吧！"

安格斯说："凭我诗人的智慧，我是一定能够成功的。"

哈罗德说："想不到你倒挺有志气的。不过我要告诉你，写诗歌你可以天马行空，做生意你可就要脚踏实地，一不小心跌落陷阱，后悔就来不及了。"

安格斯说："谢谢您的忠告，开弓没有回头箭，我说过的话从不反悔。不过我有个小小的要求，我毕竟是白手起家，需要借助美洲银行的招牌用一用。"

哈罗德说："可以，但我也不能白给你用，你纯利的 50% 必须作为支付银行招牌的费用。"

安格斯说："OK，一言为定。"

安格斯刚离开珍妮特的家，珍妮特立即追了出来。"安格斯，你怎么敢答应我父亲，半个月的时间内要赚 8 万美金，这是不可能办到的。"安格斯说："放心吧，我不会让你失望的。"珍妮特说："我将我的金银首饰卖了，帮你凑够 8 万块吧。"安格斯一口回绝："不，我一定要靠自己的力量赚到这笔钱。"

一个星期后，美洲银行贴出了"幸运抽奖"的布告：只要是美洲银行的客户，都可以购买 20 元的"幸运抽奖"券，每个客户只限购买一张。不是美洲银行客户的民众，只要马上在美洲银行开户，立即可以购买一张"幸运抽奖"券。"幸运抽奖"的奖品是一辆福特蒙迪欧轿车，价值 3 万美元。这个消息一传开，美洲银行的客户都排起长龙前来购买"幸运抽奖"券，不是美洲银行客户的许多民众也纷纷争先恐后地前来开户，美洲银行几天内就新增客户三千多人。

哈罗德听了笑逐颜开，他问安格斯："你的福特蒙迪欧轿车停在哪里，我怎么没有看到？"安格斯说："我哪里有什么轿车，轿车还停在车行里呢。"哈罗德说："你这不是空手套白狼吗？"安格斯说："只要能套白狼，又何必在乎什么手？"

不到一星期的时间，一万张"幸运抽奖"券就一销而光了。开奖后，安格斯的总收入是 20 万美元，扣除福特蒙迪欧轿车的费用 3 万美元，印刷奖券的费用 1000 美元，工作人员的开支 1000 美元，纯收入 16.8 万美元。一半的纯利付给银行，安格斯还剩余 8.4 万美元，付给哈罗德 8 万美元后，他净赚了 4000 美元。

当安格斯将 8 万美元和 1000 美元借款交给哈罗德时，

他说："其实，美洲银行新增加的三千多名客户对你来说也是一笔财富。"哈罗德说："当然，当然，所以我已决定招聘你为美洲银行公关部的经理。"

安格斯说："多谢了，你能答应我当你的女婿我已心满意足了，我还是当我的诗人吧。要写出一首千古传唱的好诗可是难上难，而要赚个几万美金真是小菜一碟。"

代骂

　　刘安是凭报纸上的广告，按图索骥找到骂人公司的。出面接待刘安的是外洽一科的王科长。

　　刘安接过自称王科长的人递来的名片时真是大吃一惊，想不到靠骂人居然还能当上科长？

　　刘安好奇地问："请问……您是科长，难道您的顶头上司是局长？"

　　王科长笑容可掬地说："那是当然的，我们'双口马出气公司'是个著名的大公司，建制一向是很正规的。科的上头是局，局的上头是处，处的上头是部，最高领导人是总裁。我们不但有职务，而且还有专门的职称。"

　　这更令刘安惊讶地合不上口："骂人还有职称？我可是从来没有听说过。"

　　王科长说："怎么没有，骂人可是一门相当高深的艺术。就说我吧，我入行不久，目前才只是骂人四段，初级骂人师。我们的总裁可是终身骂人师、骂人九段，如今他出国去参加世界骂人艺术研讨会了。"

刘安听了差点要笑出声来，这不会是天方夜谭吧？大概看出刘安显露了不屑的神色，王科长说："你可别小看骂人这一行，这可是新开发出来的产业。我们骂人师的祖师爷你知道是谁吗？"刘安大惑不解：骂人还有祖师爷？自己从未听说过。

王科长说："我们骂人师的祖师爷是诸葛亮。"

刘安笑道："这怎么可能？那位鞠躬尽瘁、死而后已的一代名相诸葛亮会是你们的祖师爷？你们有没有搞错？"

王科长解释道："你应当读过《三国演义》吧，在第九十三回，诸葛亮只不过用几句话拢共百把字就将魏国的司徒、军师王朗骂得狗血淋头，气满胸膛，大叫一声，撞死在马下。你说这是何等高超的本事？天下还有谁能像诸葛亮这样如此高明如此潇洒地骂人？他不当祖师爷，谁有资格坐这第一把交椅？"想想也是，刘安不由自主地点了点头。

"你瞧，我们这儿的办公室里都挂有诸葛亮的画像。"这时，刘安才发现墙上是一幅诸葛亮羽扇纶巾、素衣皂绦的肖像，诸葛军师那飘逸的神情仿佛是在问刘安：难道你不认为我是骂人的祖师爷吗？

刘安之所以来到"双口马出气公司"是有缘故的。刘安住家的楼上是个恶邻居，每天将客厅当成舞场，闹得鸡犬不宁，左邻右舍怨声载道，首当其冲的当然是住在楼下的刘家。

刘安是个高三学生，正准备应付高考。可是在家里白天无法看书，晚上更是无法睡觉，这真是如何是好？刘安的母亲实在咽不下这口气，跟楼上的邻居交涉了几次，对方总是收敛一阵子，过一段又老毛病复发了。刘安的母亲也跑到街道办事处反映过，可楼上的恶邻照样是老毛病改不了，我行我素，一意孤行。正因为如此，刘安实在是忍无可忍了才找到骂人公司的。

王科长说："你找到我们就对了，我们就是专治这种活马的。凡是受冤屈的、遭陷害的、被排挤的或是欠钱不还的、造谣惑众的，我们都可以出面帮忙，靠骂来摆平。"

刘安问："你们的收费不会很贵吧？"王科长说："这因人而异，要看骂的难易程度，丰俭由人。我们可以骂到对方更换门牌号码，骂到对方举白旗求饶，代价就是一天人民币五十元到一百元不等。"还好，没有狮子大开口，这个价码刘安还可以承受。

刘安交了钱后，王科长立马带上几个壮汉、泼妇来到刘家那幢楼的楼下，摆开了叫骂的阵势。这些骂人师叫骂功夫果真了得。只见他们轮番上阵，有时是单人连珠炮似的叫骂，有时是一男一女你叫我和地组合骂，有时则是全体上阵齐心协力地破口大骂。那情景相当壮观，吸引了许多围观的群众。而这些骂人师见观众多了，骂得就更起劲了。

"你们在家里弄得锅响娃叫的，是不是活得不耐烦了？"

"你以为你们是老子天下第一，你老子在这儿，你老子怎么生下你们这群狂犬？"

这些骂人师都是训练有素的，据说他们可以熟练地出口685段骂人的精句，内容令人拍案叫绝，确保骂得入木三分、敲骨入髓。围观的群众真是大开眼界了，他们时而惊叹、时而喝彩、时而鼓掌、时而起哄，仿佛是在观赏精彩绝伦的街头演唱会。楼上的那家人被骂得龟缩在家中，根本不敢应战，甚至吓得连在窗口探头的勇气都没有了。最后，居然出现了戏剧性的场面：那家的户主，一个七十多岁的老头气得血压突然猛升，只好叫来救护车将他送往医院抢救。骂人师们见好就收，立马鸣锣收兵，大功告成，挥师凯旋。

真是不看不知道，一看吓一跳，原来骂人师的嘴皮子功夫是如此扎实过硬，刘安算是心悦诚服了。刘安心想，我就算考上大学，苦读几年，毕业起薪也不过千把块钱，而这些骂人师一入行，工资就是三千起跳，还不包括奖金、补贴等额外收入。比尔·盖茨连哈佛大学都敢放弃，我刘安怎么就不能放弃高考投身骂人的事业，当一名骂人师？"三百六十行，行行出状元。"哪一天我刘安成了骂人九段，那份荣耀会不会如围棋大师聂卫平九段呢？

刘安终于下了决心，进入双口马出气公司当了一名骂人师。刘安的父亲听说儿子刘安居然想去当骂人师，气得话都说不出来了。母亲则号啕大哭，苦苦哀求儿子放弃那荒唐至极的念头。刘安则不为所动。当晚，刘安的父母偷偷商量是否要再去请骂人师来，将儿子刘安臭骂一通，他也许能回心转意吧。

玄奘智收高徒

　　贞观十九年（645年），玄奘从印度取经归来，在长安城创办了译经道场，一边翻译佛典，一边讲经传道。

　　玄奘深知要广传佛法，单靠自己单打独斗是不行的，得有一大帮门徒才行。于是他四处打听，物色可造就的人才。

　　一天，玄奘在路上遇到一位风度翩翩的少年，此人眉清目秀，举止大方。玄奘一打听，得知此人是尉迟敬宗将军的公子窥基。窥基自幼通学儒典，才气过人，玄奘便打算招他为弟子。

　　他选择了一个黄道吉日来到尉迟敬宗的府上做客。玄奘的名气之大，连唐太宗都要敬他三分，尉迟敬宗当然把玄奘视为上宾。玄奘还带上了一位比窥基年纪要小的童子一起到尉迟敬宗的府上。童子是西域人，聪颖绝伦，有过目成诵的本事。

　　玄奘大谈西域取经的逸闻趣事，尉迟敬宗是信佛的，当然只能是毕恭毕敬地听着。不一会儿，话题自然转到窥基的身上。玄奘说："听说贵公子文采斐然，才华出众，今日何不让贫僧一睹风采？"当父亲的哪经得起客人夸儿子，自然是喜上眉梢，也乐意给客人显摆显摆儿子的才华。尉迟敬宗说："将门之子能有什么学问，不就是会点兵法韬略，现在又不打仗了，我真怕他只会纸上谈兵。"说罢，便对窥基说："你就把学过的兵书背给高僧听听吧。"窥基便将洋洋数千言的兵书从头至尾地背诵起来，果然了得，一字不错。玄奘赞道："真是名不虚传，将门虎子啊，后生可畏，可喜可贺。"尉迟敬宗忙说："高僧您过奖了，小心别把孩子宠坏了。"玄奘话锋一转，对身边的童子说："这位大哥背的是上古兵书，你平时只读佛经，不知这些兵书你还能记得多少？"话音刚落，那位童子便铿锵有力地背诵起来，也是从头至尾，也是一字不错。

这下可把尉迟敬宗气炸了，他大骂窥基说："你这个孽子，今天把我这张老脸丢尽了。想不到你连个胡人的孩子都不如，留你还有何用，倒不如杀了你。"玄奘一见妙计生效，赶紧趁热打铁，劝道："将军息怒，你的公子记忆力虽不如我的童子，但他还是聪明的。你既然不喜欢他，倒不如献给佛门让他做我的弟子。"尉迟敬宗也气昏了头，说："此子粗俗不堪，我今天想将他扫地出门，谁要他都行，只怕是进入佛门难成大器。"玄奘笑说："将军德高望重，一言九鼎，既然将军能割爱，贫僧自然感激不尽，在此拜谢了。"一言既出，驷马难追，更何况尉迟敬宗余怒未息，也不细加考虑，竟然昏头昏脑地同意了玄奘的请求。

情况急转直下，窥基原本只是奉父亲之命为客人背诵兵法，这是传统的保留节目，他过去也为客人表演过多次，每次都受到父亲的夸奖，没想到今日不但被父亲骂得狗血淋头，而且还翻脸不认父子情，要将他赶出家门，这真是他万万没有料想到的。他心想，这也许是父亲一时的气话，可他毕竟少年气盛，不愿向父亲服软，再者，他也不愿去当和尚，放着锦衣玉食的神仙日子不过，去忍受佛门的清规戒律，难道自己犯傻了？怎么办呢？窥基眉头一皱计上心来，他决定使出欲擒故纵之计。

窥基说："既然父亲不要我了，高僧又肯收留我。此处不留人，自有留人处，真是天无绝人之路啊！但我窥基也不是随随便便的人，要我出家可以，但必须约法三章，答应我的三个条件。只要有一条不答应，我宁可浪迹天涯四海为家，也绝不出家当和尚。"

玄奘说："愿闻其详！"

窥基说："一是我不戒色，出家后我照样可以娶妻纳妾，灯红酒绿，搂香抱玉；二是我不食素，要让我大鱼大肉吃个痛快；三是我不禁食，要允许我随意饮食，不必遵守每日一餐、过午不食的僧规。如果不答应这三个条件，那就一切免谈了。"

窥基心想，天底下哪有不戒色不食素不禁食的和尚，那样的话寺院还叫能叫佛门净土吗？岂不是成了天方夜谭？玄奘就是有一百个胆也断然不会答应我的三个条件的。没想到玄奘却说道："原来你只提三条，我还准备你要提个七八条呢！行，三条我都答应，你这弟子我收定了。"窥基顿时傻眼了，尉迟敬宗也是丈二和尚摸不着头脑：今天是怎么回事？一切全都乱了套。

贞观二十二年（648年），十七岁的窥基正式受戒，剃发为僧了。玄奘倒也言而有信，三个条件统统照办，不打一丝折扣，于是窥基成了名副其实的"三车和尚"。

窥基每一次出门都成了长安城一道独特的风景线。窥基出行总是三车相随，前车满载佛门经典，中车坐着窥基，左拥右抱的不是妻妾便是美女，后车则是载家仆侍女和美味佳肴。日子一天天过去了，窥基对佛经从最初的一窍不通到产生了浓厚的兴趣，渐渐地越钻研越深透。

一天，窥基到太原传法，路遇一老丈，老丈拦住窥基的中车问他："车中所乘何人？"窥基回答说："是我家属。"老丈说："你传扬佛法时是天女散花，没想到当你脚踏实地时却比男盗女娼还不如，人家是明火执仗，敢作敢为，你却是满口仁义道德，背地里却是吃喝嫖赌，你是既当了婊子又树了牌坊，我真后悔怎么会这么傻还跑几十里的山路来听你的传法。"

　　窥基听了羞愧难言，恨不得钻到地下。顿时，他幡然醒悟，立即放弃中车、后车，乘坐前车回到寺院。

　　从那以后，窥基主动放弃三个条件，一门心思钻研佛法，终于成了玄奘的既精通佛法又严守戒规的得力弟子。

附录

对中华文化情有独钟的纪洞天

凌鼎年

　　其实，我与纪洞天从认识到现在，连头带尾不足一年，算是新朋友。可不知为什么，我们又像老朋友似的，就像交往了几十年的老熟人，可以无话不谈。看来，人与人的交往是讲究缘分的，我与纪洞天的缘就是小小说。

　　说起来，我与纪洞天的认识还真有点与众不同。2009 年的一天，我收到了太仓市图书馆副馆长周卫彬发来的一封电子邮件。因为图书为媒，我与周卫彬是经常打交道的，算是老熟人。但他这次是转发的一位美国朋友的电子邮件。通读邮件后，我知道这位署名纪洞天的朋友是美籍华人，曾在匈牙利任《欧洲导报》社长、匈牙利华文作协秘书长，2001 年任美国《环球导报》总编辑，现旅居美国加州。

　　他这次找我，是想在美国创办"世界华文小小说作家总会"，举办"汪曾祺小小说大奖赛"。他了解到我从事小小说创作时间较长，又涉及小小说创作、评论、出版、组织等多个门类，对这个圈子熟，人脉关系广，知道我是把小小说当作事业来做的人，就希望我支持他，合作做些事。

纪洞天出于对汪老的敬重，决心以汪曾祺的名字命名这次世界性的大奖赛，这使我颇为欣慰。汪曾祺是江苏省高邮人，我是江苏太仓人，宽泛地讲，与我也可算得半个老乡。汪曾祺是我敬重的作家之一，他的小小说《陈小手》《尾巴》《护秋》等脍炙人口，深受读者喜欢，已成为小小说的经典作品。我想，举办"汪曾祺小小说大奖赛"肯定会得到世界各地华人作家的踊跃参与。

纪洞天考虑很周全，为了把这次大奖赛搞好，搞出影响，他准备在海内外聘请几位顾问，于是想到了我。但他与我素昧平生，只知我是江苏太仓人，没有我的联络方式，就在网上搜索，结果搜到了太仓市图书馆周卫彬副馆长的电子信箱，就抱着试试看的心态，发了一封电子邮件给周卫彬，希望能转给我，没想到我原本与周卫彬就熟识，很快转到了我的信箱。就这样，我与纪洞天虽然远隔重洋，却没费多大周折就联系上了。互联网真的让地球变小了，"地球村"的概念变得实实在在。

我这人，凡有利于微型小说、小小说发展、繁荣的活动，通常我都支持，都参与，不分派别，不讲圈子。一个美国的友人愿意在海外推进小小说的发展，这是多好的事啊，我没有理由不支持。我很快明确表示了我的态度，两个字：支持！

但我答应出任"世界华文小小说作家总会"顾问与"汪

曾祺小小说大奖赛"评委后，有人对我大有意见，认为我身为世界华文微型小说研究会秘书长，却去帮助"世界华文小小说作家总会"的成立，这不是闹分裂吗，不是变成两个中心了吗？我却完全没有这种担心，还颇不以为然。商业上还有反垄断法呢，何况我们文学创作，文学创作最讲究的是自由，心灵的自由，创作的自由，最讲究多样化，即百花齐放。文学创作是以作品说话的，是以活动为凝聚力的，多一个世界性的小小说民间团体，对小小说这种文体的发展、繁荣应该是有益无害的，又何必拘泥于名称是叫微型小说还是叫小小说，关键要看谁搞的活动多，搞的活动影响大，谁对这个文体发展的贡献大。那我们就来比一比，互促互进嘛。没有这种阔大的胸襟，是很难做出大事业来的。

2010年下半年，我主编《美洲华文微型小说选》时，收到了纪洞天的一组微型小说作品，细读之后，我对他刮目相看。纪洞天的微型小说作品在美国、加拿大华人作家圈内堪称佼佼者，这不是我廉价的吹捧，他的作品放在那儿，读者自可欣赏、比较、鉴定。他的作品一是取材让中国大陆的读者有新鲜感，其反映的生活层面都是描写华人在海外的际遇、心态；二是故事好读，能吸引人读下去；三是别有寓意，文字背后有东西；四是文字流畅优雅，没有欧式的那种故作高深又读之拗口的句子。所以我偏爱他的作品，我想当然地猜测纪洞天是个小小说作家。

其实，我以偏概全了，因为我在不久前，又意外地收到了纪洞天的长篇小说《测字世家》，洋洋洒洒20万字。写长篇小说的作家在国内外很多，但写测字题材的却凤毛麟角，至少我读过的这类题材的长篇、中篇、短篇小说，乃至小小说都极少极少。

因为这种题材难写，不是阿猫阿狗，识得字、会编故事就能胡侃乱写的。测字是一门古老的传统学问，有神秘色彩，有哲学玄理，蕴含了心理学、逻辑学、文字学、历史学，水深着呢。按正统的马列主义观点，测字带有封建迷信成分，甚至有人视其为旁门左道，因此，测字一度式微，几乎从老百姓的日常生活中销声匿迹。直到改革开放后，测字才得到重新评介，我们的电影、电视剧及文学作品中出现了测字的细节与片段。

关于测字的书籍，民国以前官印私刻都有，可说是鱼龙混杂，良莠不齐。

20世纪50年代后，这类书被贴上了封建迷信的标签，也就从新华书店销声匿迹，从读者的视野里淡出了。自80年代后，这类书先出现在地摊书市，再出现在正规书店，再后来就刹都刹不住，各种各样版本的都能买到了。

我因为写作，偏爱藏书，这类杂七杂八、带有知识性的书籍本来就是我收藏的内容之一，故而我的书橱里不缺测字类的书。如果翻翻这些书，做个文抄公，可举很多精彩的例子，使这篇代序有点可读性。但继而一想，我这样做岂不是班门弄斧吗？

我发现纪洞天写测字，他所以成竹在胸，是因为他对测字有兴趣，有研究，不是一般的皮毛了解，不是半桶水晃荡，不是程咬金三板斧式的就那几下子，而是专家型的。

写测字他如数家珍，由此可见，他一定熟读过多种版本的测字书籍，或者接触过社会上的测字先生，对测字先生的生活是知晓的，熟悉的，故能将人物写得活灵活现，故事编得跌宕起伏，而且，纪洞天有海外社会的经历，对中西文化有比较，有感悟，因而他小说场景的变换，也就得心应手，或国内，或国外，描写得游刃有余。